四海行吟

劉再復 著

《我的旅遊文學精品庫》叢書

主編 潘耀明

□責任編輯：焦雅君
□封面設計：若華
□版式設計：高林
□印務：劉漢舉

我的旅遊文學精品庫

四海行吟

□
著者
劉再復

□
出版
中華書局（香港）有限公司
香港北角英皇道 499 號北角工業大廈一樓 B
電話：(852) 2137 2338　傳真：(852) 2713 8202
電子郵件：info@chunghwabook.com.hk
網址：http://www.chunghwabook.com.hk

□
發行
香港聯合書刊物流有限公司
香港新界大埔汀麗路 36 號
中華商務印刷大廈 3 字樓
電話：(852) 2150 2100　傳真：(852) 2407 3062
電子郵件：info@suplogistics.com.hk

□
印刷
美雅印刷製本有限公司
香港觀塘榮業街 6 號 海濱工業大廈 4 樓 A 室

□
版次
2014 年 10 月初版

□
規格
大 32 開（215 mm × 148 mm）

□
ISBN：978-988-8310-01-2

目錄

料青山見我應如是

「我的旅遊文學精品庫」叢書總序

潘耀明　世界華文旅遊文學聯會會長

早年，我一直在努力推廣華文文學，往往事倍功半。後來我發現隨着經濟起飛，旅遊已成為現代人生活的一部分。現代人開始對深度旅遊表現出極大興趣，旅遊文學應運而生。

以遊記為例，古時如中國的《大唐西域記》、西方的《馬可孛羅遊記》，以及後來的唐詩、宋詞、筆記文學等，包括中國北魏時代酈道元的《水經注》、哥倫布上書西班牙公教國國王王后的《航海日記》（*Diario de Navegación*）與《發現書簡》（*Cartas Anunciando el Descubrimiento*），兼具了文學性，「開闢了人類對世界對空間的認知」（余秋雨）。

旅遊文學是廣義的，包括詩歌、散文、小說，甚至日記，凡以旅遊入題材的，均可泛稱旅遊文學。

在商品社會，文學以商品價值來衡量，是微不足道的。文學與經濟是否也有共通之處？

一九九七年諾貝爾經濟學獎得主邁倫・斯科爾（Myron S. Scholes）教授認為，二者看似風馬牛不相及，其實不然：「文學的起始，面對着的是渾沌和無秩序的人類社會，以及各種不確定性。文學通過文字對這種無秩序進行梳理和描述，這其實正是一種構建，在構建的過程中，渾沌消失、無序變為有序。經濟學的起始，面臨的也是大量的無秩序信息，經濟學通過建模，對這些信息進行描述和理解、提供解釋、為現實開下處方。從這一點上說，二者很相似。」目前，在西方，旅遊文學已很發達。二〇〇一年諾貝爾文學獎得主奈波爾（V. S. Naipaul）代表作品「印度三部曲」，更是箇中的佼佼者。

一九八八年，奈波爾以逆時鐘方向遊歷印度各大城市，他從孟買經由邦加羅爾、馬德拉斯、加爾各答、德里、阿姆利則，前往斯利那加。他的主題是他從千里達（亦稱特立尼達）的童年家中器物和各類儀式習俗所感知的印度，驗證對照已是單一、統一實體的印度。近距離觀察之後，他所看見的是它如何分解成宗教、種姓和階級的拼圖。對奈波爾而言，與之前的直覺迥然不同，眼底下他深入實地踏勘印度，才知如許多樣性面貌才是印度的力量所在。

這一結論是奈波爾遊歷後思考所得。所以劉再復認為，「遊思」比起「遊記」更有深廣的意義，蘊含着「旅遊文學的新的前景」。

獲二〇〇八年諾貝爾文學獎的法國作家勒．克萊齊奧（Jean-Marie Gustave Le Clézio），足迹遍佈各大洲，這些旅行的經歷也成了他筆下的文學世界中的一部分。這位被前法國總統薩科齊（Nicolas Sarkozy）譽為「世界公民」的作家表示，他一年中有一半的時間飛往世界各地，去觀察世界各地的人、事物和風景，否則他的生活和工作「都將變得太過疏離，最終導致失敗」。

他寫了一部《蒙古的故事》，因為他發現傲慢的法國人總是過於關注自己的文化，而這類書則可以把他們的視野引領向另一個文化，並發現文化間的相似性。

這也是「遊思」下的產品。

在華文的中國，在華文的華人世界，旅遊已成為生活的組成部分，但在當代的中國，甚至廣大的華文世界，追求玩、追求玩得快樂，卻忽視了怎樣玩得文明、玩得有文化，且能在華文旅遊文化中，將我們自己的精神文明與天地宇宙融會起來。

這也是多年來，我推廣旅遊文學的緣由。

旅遊促進民族之間、人民之間的了解，我們推廣旅遊文學，既與現代社會生活接軌，也符合綠色環保的旨趣。我們提倡文化之旅，就是懷着敬天惜物的心理去召喚自然、感受自然，用文學的情懷去傾聽自然，消解現代化帶來的噪音和各種污染，感受大自然之美態禽音，又能以寧謐的心態與大自然取得和諧融和，用心靈去感悟人與天的契合。

「世界華文旅遊文學聯會」自二〇〇六年成立以來，一直開展與世界各地文學團體、傳媒的互動，在香港等地舉行旅遊文化講座等重要活動。其中，以舉辦世界性的「全球華文旅遊文學大賽徵文獎」及「世界華文旅遊文學國際學術研討會」為核心項目——前者已舉辦過一屆，後者已舉辦了四屆，並藉以帶動和推廣華人旅遊文化和提升華文文化。

隨着「聯會」轄下的「字遊」網的上線，旅遊文學的傳播和覆蓋面將更廣泛。

大自然的景物，並不只是灰冷的巖石，或者一泓死的水，相反，是鮮活淋漓、繽紛七彩的，所以人們的一雙眼睛宛如一面三棱鏡，可以析出各種光譜，這與細緻的觀察有關，因為只有這樣，才能透視大自然最本質、最引人入勝的東西。

《文心雕龍》曾提到，「登山則情滿於山，觀海則意溢於海」，說明情與景交融的重要。謝靈運也說：「情用賞為美。」如果作者對一地的山水沒有深濃的感情，決計寫不出好的文字。大自然的山水吸引人，是因為寄以欣賞的情致，所以才顯得美。

辛棄疾的「我見青山多嫵媚，料青山見我應如是」，就是西方所稱的「移情作用」，即無情事物的有情化。

袁枚說得好：「夕陽芳草尋常物，解用都為絕妙詞。」所以旅遊文學是要用真感情，把旅遊之中印記最深邃、最鮮明的感受寫出來，而這種感受不是地圖式的，既可以藉物言志，也可以藉物寄情，如李白的「浮雲遊子意，落日故人情」，浮雲和落日這無情之物，在有情人眼中，都成了活生生的有機體了。

我一直想策劃一套旅遊文學叢書，把海內外名家有關旅遊文學的作品匯集起來，以為旅遊文學的範本。這個念頭，在腦海盤旋了多年，直到年前遇到中華書局（香港）有限公司總經理趙東曉先生，他主動邀我主編一套旅遊文學叢書，我們一拍即合。旋後我向海內外名家邀稿，結果佳作紛至沓來，令人感到振奮。

「我的旅遊文學精品庫」，是各位作家精選文章的彙編，故名。這套書的成功出版，與各位作家的大力支持，中華書局趙東曉先生、熊玉霜小姐、于克凌先生等以及旅居美國的設計師若華女士的努力是分不開的。

自序：把大思考與大體驗帶入遊記

旅遊文學注定是有前途的。因為讀世界這部大書比讀圖書館中的小書更為重要（王國維早已如此斷言）。讀這部大書，可以擴大眼界，可以豐富心靈，可以詩化人生。也就是說，讀山川、讀大地、讀滄海、讀世界，永遠是人類爭取「詩意棲居」、爭取存在意義所必須的。從這一「根本」上說，旅遊文學肯定不會消亡。

但是旅遊文學現在面臨着空前的挑戰。這是因為現代科學技術高度發展之後，發明了照相機、攝影機、甚至發明了帶有「千里眼」的無人駕駛飛機。這些機器所拍攝的實景風貌，使老式的遊記顯得十分蒼白。任何文學描述都不如藝術影像。費盡心力摹寫大峽谷、大瀑布而消耗的幾朝幾夕，還不如照相機的一剎那。

但是照相機、攝影機，卻有根本性的局限，這就是它只能呈現世界的表象，不能進入世界的深處；只能反映生命的外觀，不能展示生命的奇觀。而這，正好給旅遊文學的發展提供新的可能性。換句話說，往世界深處發展，往生命奇處發展，這正是當今旅遊文學的出路。

二〇一二年北京三聯書店開始出版我的十卷本的「散文精編」集（白燁主編）。第三冊為《世界遊記》，我與編者商量，能否可把書名改為《世界遊思》。改「記」為「思」，在一字之差裏，恰恰蘊含着旅遊文學新的前景。

所謂「思」，既是思想，又是情感；既是對「在場」表象的把握，又是對「不在場」的歷史、文化、精神的把握。總之，「思」是既要面對看得見的世界，又要面對看不見的世界；「思」是主體感受、主體思索、主體飛揚，「思」是對世界對時代的大思索。由此想開去，我覺得在當今歷史條件下，旅遊文學的主體感受可以由兩種方式實現，除了把對世界的大思考帶入遊記，還有一種方式，便是讓生命大體驗（或稱「生命大搏鬥」）進入旅遊文學。

關於第一種方式，我自己曾有所體會。去年，在我的博客和「再復迷網站」上發表了幾篇遊覽歐洲與中美洲的散文，結果反響格外強烈。僅旅德一篇，點擊率達七萬多次，另外還有一百多個博客轉載，其他幾篇也被廣泛傳播，這些「遊記」，其實都是「遊思」，即對世界進行即興思考。在德國，我面對德國國會撥款隆重建成猶太人受難紀念碑林久久凝思，覺得德國不愧是一個具有雄厚哲學積累的國家，畢竟是斯賓諾莎、康德、黑格爾、叔本華、馬克思等大哲學家的祖國，因此，它就擁有強大的、健康的哲學態度。這種態度，使德國敢於面對歷史錯誤，並產生一九七〇年德國總理勃蘭特在華沙猶太人犧牲者紀念碑前下跪的歷史性行為語言。這一巨大行為語言，震撼全世界的心靈，也證明德意志民族生存的嚴肅性。所以被稱為「千年一跪」。與德國相比，日本則缺少大哲學家、大思想家，也相應地缺少強大的、健康的哲學態度。因此，他們對自己的歷史錯誤總是死不認賬，結果只會在靖國神社的戰犯亡靈之前叩拜，完全沒有想到應當在南京萬人坑前賠禮反省。二戰結束六十多年了，歐洲已把戰爭尾巴斬斷，但東方還沒有完全斬斷。

離開德國後我又到了捷克。在布拉格，我看到遍佈全城的教堂太美太輝煌了。這在書本上絕對無法了解。面對金碧輝煌的教堂，我明白了，為甚麼史達林的坦克軍團總是無法真正佔領這個小小的國家，為甚麼捷克總是在社會主義時代裏「鬧事」。因為這個國家的宗教文化太深厚了，這裏的上帝太強大了，而且上帝之根從小就扎進捷克人的心靈深處。宗教文化非常柔和，坦克裝甲車非常堅硬，然而，柔和者戰勝了堅硬者，這一歷史事實，證明我國哲學家老子在兩千五百年前所揭示的「以至柔克至剛」的偉大真理。人類世界紛爭不已，最後的結局還是至柔的心靈狀態決定一切。

最近兩三年，我還和李澤厚先生到中美洲的洪都拉斯、貝里斯（伯利茲）、墨西哥等國觀賞瑪雅的遺迹。兩次登覽，才真的明白瑪雅文明為甚麼滅亡，而中華文明為甚麼不會滅亡。原來瑪雅種族興旺時雖有一千多個部落，但沒有統一的文字，沒有統一的度、量、衡，也沒有可以協調各部落部族的統一行政帝國。除此之外，它的文化也沒有中華文化那樣合情合理。瑪雅文化與西方文化一樣，只講合理，不講合情。但西方主流文化把「理」化為理性並形成完善的法律體系，而瑪雅卻未完成這種進步；反之，它把原始的幼稚之「理」發展得極不合情。我在一座部落酋長大墳墓的遺迹中看到，崇拜太陽神，這是他們認定的「理」，但不合情。他們的酋長在祭拜太陽神時，殺了自己的五個兒子作祭品，消滅了自己的精英，這怎麼不亡？而中國在祭天時只用豬頭、雞鴨等等，這比較合情。不過，在文化大革命中，中國也發生過向扼殺精英的「太陽神」表忠心的荒誕現象，幸而已得到糾正。

這是把對世界的思考帶入遊記。還有另一種方式是把生命大體驗、生命大冒險、生命大搏鬥帶入遊記。這方面三毛的「撒哈拉沙漠遊記」為我們樹立了典範。我讀過《三毛全集》的第一冊《撒哈拉的故事》和第四冊《哭泣的駱駝》，深受震撼。讀了這兩本遊記，才知道甚麼叫做用全生命寫作。書中的《荒山之夜》，至今還時時撼動着我的思緒。三毛這個作家真不簡單，她為了寫作，竟和戀人（後成為丈夫）西班牙人荷西，一起到西非撒哈拉沙漠。從一九七三年開始，一直到一九八一年才返回東方定居於台灣。第一冊中的《荒山之夜》，寫的是他與丈夫在歷險沙漠時車子陷入意想不到的泥沼。而三個撒哈拉威人便乘虛而入，抱住她並準備強姦她。她單身與三個匪徒搏鬥，守衛住自己的身體。三毛的這些遊記儘管文字上有些粗糙（不像在座的張曉風的散文文字那麼精美）。然而，因為生命大搏鬥的介入，她的遊記卻展示出一派粗獷淩厲之美。令人讀後驚心動魄。這種把生命氣息與沙漠大曠野融合為一的散文，真可稱為旅遊文學的奇觀。它既為旅遊文學寫下嶄新壯麗的篇章，也給旅遊文學提供了一種根本性的啟迪。

二〇一三年十月三十日
香港科技大學

（本文為作者於二〇一三年十一月二十八日在香港中文大學「第四屆世界華文旅遊文學國際學術研討會」上的發言。）

八方浪迹

背着曹雪芹和聶紺弩浪迹天涯

三四年來浪迹四方，在東西大陸裏來回往返，逼迫我必須輕裝前行，把喜愛的書籍留在原處。書籍實在太重，一部《史記》就比一件大皮襖還重。可是，此次我要去的地方是瑞典，名副其實的雪國，書固然重要，皮襖也很重要。

誰陪我去浪迹天涯呢？從孔夫子到王國維，從柏拉圖到海德格爾，從屈原到馬奎斯，拿起又放下，放下又撿起，和妻子女兒爭奪幾個箱子的地盤。妻子重視的是形而下，民以食為天，以穿為地，書本再重要，也得先求生存。而我崇尚形而上，以文字為天為地，於是，總是爭吵，朱熹、尼采就被她從皮箱裏驅逐過好幾回。沒有爭論的只有那些我愛女兒也愛的詩集，屈原、李白、李煜、蘇東坡等，在皮箱裏，總有他們的位置。

明知前去的學校圖書館很容易找到，但還是一定要他們陪我漂泊的古人是司馬遷和曹雪芹。《紅樓夢》中的那一羣天真而乾淨的少男少女是我朝夕相處的朋友，生活在社會的爛泥中是需要一羣乾淨的朋友的。大觀園的少男少女，無論是林黛玉、薛寶釵，還是賈寶玉，我都喜歡。我真恨那些把他們劃分為不同階級的紅學家，厭惡他們給這些充滿天籟的人類花朵戴上骯髒的政治帽子，這比「佛頭點糞」還讓我難受。不會戴帽子的俞平伯先生還捱了他們一陣亂棍。可是，這些棍子們很快就會化為塵芥，而我喜歡的天真朋友，卻在世界八方的精神土地裏笑着、鬧着、相思着。

除了《紅樓夢》，還願意背着《史記》。當朋友把《史記》從大陸寄到芝加哥時，我高興了好久。我真喜歡這部又是歷史又是文學的奇書，而且喜歡司馬遷的精神，在嚴酷的命運面前絕不屈服的精神。一部龐大而殘暴的政治機器，只能閹割肉體，卻無法閹割掉人的精神與天才。

現代作家中我所敬愛的聶紺弩，也是一個司馬遷似的任何力量都無法閹割其精神的人。無論是惡鬼似的罪名，還是山嶽一樣沈重的監獄，都不能壓彎他那一支正直的筆桿。比罪名和監獄更沈重的打擊，是他惟一的女兒在難以忍受的牽連中自殺了。他的夫人周穎老太太告訴我，他出獄後惟一的心思就是想見女兒，怎麼向他交待呢？然而，最後還是告訴了他。這一致命的消息本來足以使他喪失理智，可是，他卻支撐住命運最殘酷的打擊，把本該滴落的眼淚吞咽下去，注入筆桿，繼續寫作。他知道，惟有吐出積壓了幾十年的正直之聲，才能告慰一切自己的所愛和一切受難的靈魂。我不管走到哪一個天涯海角，都背着他的書和他的一些珍貴的字迹。

這些書籍與文字，支撐着我的脊樑，幫助我度過世事艱難與心事浩茫的歲月。四年過去了，我沒有一天忘記他的名字。因為他的名字，我一天也不敢偷懶，更不敢說一句背叛人類良知的話。

自然，我還得背其他書，俄羅斯的《卡拉瑪佐夫兄弟》，美利堅的《熊》與《白鯨》，故國的龔自珍、嚴復、梁啟超、魯迅等思想者，雖沈重，但已背着它們跨越多次的天空與海洋了。還有李澤厚的《批判哲學的批判：康德述評》、余英時的《士與中國文化》、李歐梵的《鐵屋中的吶喊》、劉小楓的《拯救與逍遙》等，也和我一起辛苦輾轉了好幾片蒼茫的大地了。但是妻子從來不驅逐他們，皮箱裏總有他們的地盤。這回遠行，我把故國的這些學者的書和康德、福柯們的書放在一起，奔赴地球北角的雪原，結果行李超了重，被罰了一百多美元。

一被罰，就想到被罰的日子何時終了，真想有一天能結束漂泊生活，可以面對四壁的藏書，在一張平靜的書桌前和古人今人從容對話，既領悟人類的卓越，也領悟說不盡的大荒謬。

（選自《遠遊歲月》）

靈魂的名單

經常聽到談論學問的根底與學問的功力，但很少聽到談論靈魂的根底與功力。前天聽了談論之後，我又想了想這個問題。

到巴黎的時候，有一強烈的感覺是巴黎有靈魂。「這是一個有靈魂的城市」，我把這種感覺表達在《悟巴黎》中。先不說個人，就說一個國家，一個民族，一個城市，它的靈魂是可感覺到的。此時我想說的是，巴黎不僅有靈魂，而且有雄厚的靈魂的根底。法國的自由靈魂不會隨風轉向，就是因為靈魂之根扎得很深。無論是到盧浮宮、奧賽宮還是到巴黎聖母院、先賢祠，我都有這種感覺。先賢祠建造於一七五五年，原先叫做聖．熱納維埃芙教堂，法國革命後才把教堂改為埋葬法國偉大兒子的墓地，伏爾泰、盧梭、雨果、左拉、布萊葉、馬拉、米拉波等都在這裏安息，這些名字都是法蘭西的靈魂，每個名字都是法蘭西靈魂的一道強大的根底。我到先賢祠那一天，正是麗日當空，在陽光照耀下，我想到：這裏的每一個先賢的名字分量都這麼重，其靈魂的內涵本身就是一個廣闊的天空。因為五次到巴黎，所以我還贏得時間去參觀名播四海的拉雪茲神父墓地。墓地坐落在巴黎最東頭的第二十區，範圍很廣，我們只能按照在門口買到的墓園地圖去尋訪自己愛戴的靈魂。當時我一看到靈魂的名單就禁不住心跳，除了我原先知道的偉大的巴爾扎克和莫里哀在這裏之外，這時才知道歌德、普魯斯特、拉封丹、繆塞、王爾德、蕭邦、鄧肯、斯泰因以及大畫家安格爾、畢沙特、莫迪里阿尼都在這兒。這都是巴黎的靈魂啊！每一靈魂的根都伸進海底，然後穿越藍色的滄浪，伸向世界的各個角落。可惜我沒有時間去參觀幾乎與拉雪茲神父墓地齊名的蒙特滿翠墓地，朋友告訴我，那裏不僅埋葬着法國的偉大作家司湯達、小仲馬、龔古爾兄弟、戈蒂埃，還埋葬着德國詩人海涅，每個名字都讓我低首沈思。而讓全世界瞻仰不盡的盧浮宮，那些偉大的畫家的名字和作品，則是讓我永遠說不盡的珍奇。那裏的每一幅畫都是巴黎靈魂的根。毋需論證，只要列舉一些名字，就可以知道巴黎的靈魂具有怎樣的底蘊。法國在一七八九年經歷了一場大革命，但沒有「文化大革命」，他們的政治傾向可以不同，但都共同保衛住自己的靈魂。其靈魂不是靠人工去「大樹特樹」的，而是靠積澱，靠自己天才的兒子去創造和積累。

美國靈魂的根底就不如法國雄厚，它的歷史太短，積累有限。但因為歷史太短，所以他們更珍惜歷史。他們的開國元勛、開明總統和思想家華盛頓、傑弗遜、佛蘭克林、林肯都是他們珍貴的靈魂，而馬克·吐温、傑克·倫敦、惠特曼也是靈魂的一角。

中國的靈魂根底本來也是雄厚的。這一根底主要是孔子的學說，但是到了「五四運動」時期，中國的知識者發覺這一靈魂過於陳腐，它已不能負載中華民族的強大身軀繼續前行，因此就把這一靈魂打成碎片，並想借用法蘭西的靈魂，但沒有成功。後來找到馬克思主義靈魂，但根底不深。

國家與民族的靈魂有根底的雄厚與薄弱，而一個人的靈魂也有根底的厚薄之分。馬爾庫塞把靈魂分為高級靈魂與低級靈魂。低級靈魂只能用錢幣去塞滿，我們且不去說它；而高級的靈魂則包含着境界、氣質、品行與精神，這種靈魂是否堅韌，便與根底有關。我們感慨人性的脆弱，實際上是靈魂的脆弱。魯迅在批判國民性時說中國人常常一哄而起、一哄而散，這就是靈魂沒有根底。根不深厚便容易隨風轉向。文化大革命中，人們發現「風派」特別多，這全是沒有靈魂之根底所造成的。魯迅一再批判流氓和流氓性對文學文化領域的危害，說這些流氓今天信甲，明天信丁，今天尊孔，明天拜佛，需要你時講「互助說」，不需要你時講鬥爭說，沒有一定的理論線索可尋。所謂理論線索，也是一種靈魂的根底。流氓沒有靈魂，痞子沒有靈魂。痞子文學雖然生動可讀，但其致命傷是沒有靈魂。靈魂連根拔的時候就會導致流氓主義。

對於個人，如果講靈魂的根底還嫌太抽象，那麼換種通俗的說法，便是心靈的底子。一個人心靈美好的部分有沒有底子，底子雄厚還是不雄厚，是可以觸摸到的。底子太差，就容易受到誘惑，一個紅包就可以打碎你的「純潔」；一番恭維就可以使你暈頭轉向；一個桂冠就可以對着邪惡啞口無言，這就是心靈底子太薄的緣故。心靈底子薄弱的人，既經不起成功，也經不起失敗，掌聲和挫折都會把他打垮。做學問其實也與心靈的底子有關。心靈中美好部分一強大，就敢直面真理，敢發前人所未發，有膽有識，也才不怕探求路上的苦辛，具有百折不撓的韌性。優秀的學者一般都需要有底氣、有膽氣、有正氣，而這正氣都與心靈的根底相關。寫了一兩本書就自我吹噓，到處自售，也是缺少心靈雄厚的底子。像托爾斯泰這樣的人，即使他已建造了一座人類世界公認的文學高山大嶽，也想不到炫耀自己，折磨他心靈的只是人間那種無休止的暴力和趴在田野裏灑着汗水的奴隸。這種強大的心靈，是不會被時勢、權勢與金錢所左右的。

（選自《共悟人間》）

初見温哥華

一

從紐約到温哥華，印象非常不同。紐約給我的感覺是龐大與嚴峻，而温哥華給我的印象則是温暖與親切。

紐約到處是高牆絕壁，從地上仰望天空，便發現天空只是一條裂縫。藍天和彩雲全被割切成碎片。我是農家子，從小就擁有遼闊無垠的天空，不大習慣這種裂縫與碎片。紐約是繁華的，但是，它離大自然太遠。在時代廣場的霓虹燈下，我暗自呆想，要是有一個城市既繁華而又離大自然很近，這個城市該是多麼可愛。

僅僅一個月，我就到了温哥華。這裏正是一個繁華而離大自然很近的城市。在我遠遊的歲月中，每漂流一站，總要向關懷自己的異地朋友報報平安。在幾十封短箋中，首先報告的都是：「温哥華真是個好地方。有山有海，還有掛滿大地的楓葉，天空是完整的，地上是潔淨的，到處都有草香和海香，從白石城的海橋上俯瞰，還可以看到淺海裏遊弋的螃蟹。」

我無意貶低紐約。然而，在紐約生活的確不容易。要在那裏生存下去，必須做一個擅於攀登高牆絕壁而不怕被摩天大樓所異化的人，年青或年富力強的創業者都想在紐約感受競爭的風天雨天，一賭神祕莫測的命運。他們相信，能在紐約站得住，就能在全世界的其他地方站得住，於是，他們奮鬥，如天地征鴻，充滿生命的激情與抱負。我的大女兒劍梅和她的男朋友就在那裏奮鬥。每當他們從熱騰騰的地鐵裏鑽出來就詛咒紐約，但是，他們又留戀紐約，覺得自己的生命力可以在這個大都市里得到證明，潛藏於身內的血性可以在無數機會面前碰撞出火燄，他們天天感到筋疲力盡，又天天感受到筋疲力盡後的滿足和活力的自我發現。我羨慕他們，又同情他們。

而我是一個絕對不適宜在紐約生活的人。我知道紐約有巨大的音樂廳和無數的大戲院，但我踏不進去，因為，通向大戲院的道路也是高牆絕壁。我害怕這種比懸崖還要陡峭的牆壁，害怕裂縫般的天空。也許因為帶着紐約的印象來到温哥華，因此，立即就感到温哥華的輕鬆、親近和廣闊。一到這裏，就感覺時間的長河流經這裏的時候，顯得從容而和緩，潺潺有序，在紐約的那一種緊張感，頓時鬆弛下來。這一兩個月的經歷，竟像跨過喧囂的急流險灘然後進入了安靜的海灣。

二

這幾年我東西行走，經歷了更換生命的遠遊歲月，在時間與空間的洗禮中放下了許多浪漫的期待和慾望。有力量放下慾望，是值得欣慰的。此時此刻，我別無所求，只求心的安寧，能夠從容地想想過去，想想自己走過的路。我有許多文字要寫，要拷問時代也要拷問自己，兼有法官與罪人的忙碌，並不偷懶。

然而，我已毋須緊張，毋須在心中再緊繃一根防範他人的弓弦。在以往的歲月裏，我曾着意地追求過，也苦心孤詣地攀登過高牆絕壁，總忘不了那個高高的若有若無的「險峯」，孜孜於毀譽榮辱，汲汲於成功與失敗、偉大與平凡的世俗判斷。倘若自己的文字引起「轟動效應」，心裏竟然美滋滋的，以為桂冠和掌聲真有甚麼價值。而今天，這種人生趣味已經過去，此時，我只想把倖存的生命放到實在處，以生的全部真誠去感受人間那些被濃霧遮住的陽光，時時親吻大自然和大宇宙的無盡之美與精彩，把身外之物拋得遠遠的。我相信，擁抱山嶽擁抱滄海擁抱星空比擁抱名聲地位重要得多。

這幾年，我像負笈的行者到處漂流，登覽另一世間的興亡悲笑，眼界逐漸放寬，不再把一國一鄉一里當作自己的歸宿，而把遙遠的另一未知的彼岸作為真正的故鄉。有人說：你走得太遠了。不錯，過去的自己真的離我很遠。我已拒絕了一切自我標榜的偽愛和一切外在的誘惑，而重新領悟真正的愛義。我這些年喜歡寫些散文，就是因為我的心思已脫樊籠，所有的文字都出自己身的天性情思和再生的愛義。我覺得必須把自己煉獄後的灰燼和心靈中的苦汁掏出來給今人與後人看。我在冥冥之中感到有一種力量指示我這樣做，我不該拒絕這個絕對的命令。

我相信溫哥華能夠給我自由的遊思和領悟，相信這裏的無數楓葉能幫助我抹掉心靈中最後的陰影，為我沈澱血氣中最後的浮躁。

三

我真喜歡加拿大秋天的楓葉。把楓葉作為自己的旗幟真是天真而精彩的構思。我相信加拿大國旗的設計者一定如痴如醉地愛過楓葉，一定傾心於這個國度如夢如畫的山巒與原野。我漂流到温哥華，一大半是為楓葉而來的。我相信一個以楓葉為旗幟的國家一定很少火藥味。我早已從內心深處厭倦人間的戰火硝煙，並已拒絕任何暴力的遊戲。

當六十年代北京處於文化大革命硝煙彌漫的年月，我和一位好友曾悄悄地騎着自行車到數十里之外的香山去觀賞秋光，並採集了幾片楓葉夾在筆記本裏。而這位朋友正處在熱戀之中，他還把楓葉作為珍貴的贈品送給當時的戀人，把情感交付給赤誠的紅葉。很奇怪，在階級鬥爭那麼嚴峻的歲月裏，我和朋友的心靈被殘酷的理念浸泡得那麼久，但仍然充滿着對楓葉的渴念，可見楓葉所暗示和負載的情思與人類的天性緊緊相連，而天性深處那一點美好的東西又是那麼難以消滅。

今天，我真的來到楓葉國了。眼前到處是楓樹林。上一個星期天林達光教授和他的夫人陳恕大姐帶我們一家到 Queen Elizabeth 公園觀賞秋色。我一見到滿園的楓葉，就恍如走進了夢境。每一片葉子都那麼純，那麼乾淨，紅的紅得那麼透，黃的也黃得那麼透。園谷中的一棵掛滿紅葉的楓樹，竟像掛滿紅荔枝，陽光一照，閃閃爍爍，又像童話世界中的紅寶石。我不僅喜歡這裏的楓葉，而且還喜歡被楓葉過濾過的空氣，這是絕對沒有硝煙味的空氣。我的思考需要這種空氣。

我知道楓葉國不是理想國，並不完美。它不是地獄，但也絕不就是天堂，它是一個實實在在的人的社會：有美景，也有困境；有豪華，也有豪華包裹着的冰冷與腐惡。但我知道它是一個寬容的社會，它的文化正像楓葉上所暗示的那樣，乃是多角多脈絡的文化，它不會把來自異國的知識者當作「外人」和「異端」。我在楓葉下的思索絕對沒有人來干預和侵犯，我有躲進小樓成一統的自由，還有一張平靜的書桌。我可以說自己應該說的話，拒絕不情願說的話，讓心靈像楓葉似地保持着大自然賜予的一片天籟。

四

温哥華使我感到親切，除了飄着清香的楓葉之外，還有在歲月的風塵中依然保持着正直與真誠的朋友。温城有這麼多中國的朋友，真使我高興。小女兒曾問我：世界的眼睛是甚麼顏色的？我愣了一下說：我不知道世界眼睛的顏色，但我知道世界的眼睛是勢利的。儘管世界是勢利的，但總有一些超勢利的保持着真純眼睛的朋友。沒想到，在温哥華，這樣的朋友很多。無論他們是在大學的研究室還是在個人的寫作間，無論他們是身居鬧市還是隱居山林。

前些天加華作協的盧因先生、葉嘉瑩教授和其他朋友們歡迎我，讓我說幾句話，我就講了一個四年前的小故事。在芝加哥中國城的一次夜餐上，最後抽到的紙籤上寫着：「你將被一羣真誠的朋友包圍着。」果然應驗，這些年我從美國到瑞典到加拿大都是如此。真誠的朋友給我很多生活上的關注，知識上的啟迪，精神上的慰藉。對於這一切，我報以的只是甚麼也沒有的沈默，「心存感激」是沒有聲音的。

然而，我今天想打破沈默，告訴這些朋友說，你們給我一種連你們也未必知道的東西，這就是信念，對於生活的信念，人類的信念。如果不是友情在我心中注入力量，我也許會在歷史的滄桑中失去對生活的興趣，讓精神像燃盡的火把一樣熄滅。

（選自《遠遊歲月》）

悟巴黎

一

一九八八年我第一次隨中國作家代表團到了巴黎，至今，已五進巴黎了。在世界上的所有城市裏，我和巴黎最有緣分。

我喜歡巴黎，是因為靈魂。我常對朋友說，巴黎是座有靈魂的城市。它的靈魂連着巴黎聖母院的拱頂，連着盧梭、孟德斯鳩、雨果、巴爾扎克的文章；連着達．芬奇、米開朗基羅、羅丹、梵高、莫內們天才的名字。巴黎的靈魂還有厚實的軀殼，這就是盧浮宮、凡爾賽宮、奧賽宮和讀不完的博物館，每一座藝術之宮，都是我心中的太陽城。

世界上有許多城市只有軀殼而沒有靈魂。例如美國的 Las Vegas，就只有軀殼和軀殼裏燃燒的野心和狂瀉的慾望。還有許多城市，靈魂或被權力所壓碎，或被金錢所吞沒，在顯耀着無上權威的帝國王座與帝國銀座裏，只有肉的膨脹，而靈魂則已像荒原似的空空蕩蕩。然而，巴黎的靈魂卻還健在，而且像星空一樣燦爛。只要你心中還有一點美的「靈犀」，一種人類擺脫獸類之後而積澱下來的基因，你就能與巴黎的靈魂相通，並注定無法抗拒它的魅力而傾倒於維納斯與蒙娜麗莎之前。我就是一個痴迷的傾心者，並在傾心中感歎：人類的創造物，竟然如此精彩。

人類誕生之後，經受過無數次殘酷劫難的打擊，神經所以不會斷裂，就因為有這些温柔而精彩的靈魂的安慰。一九八九年夏天，當我穿越悲劇性的風暴，第二次走到維納斯與蒙娜麗莎之前的時候，突然感到一滴一滴的星光落進我的心坎，渾身滾過一股暖流，而且立即悟到：我已遠離恐懼，遠離滄海那邊的顛倒夢想，一切都會成為過去，惟有眼前的美是永恆永在的。

五十年前，當納粹的強大鐵蹄踏進巴黎的時候，巴黎人也相信，一切都會過去，只有維納斯與蒙娜麗莎是無敵的，她們的光彩不會熄滅，時間屬於至真至善至美的至情至性者。「天下之至柔，可以馳騁天下之至堅」，中國的古哲人老子早就這樣說。這是真的，沒有甚麼力量可以摧毀藝術，最有力量的不是揮舞着鋼鐵手臂的暴君暴臣，而是斷臂的維納斯，她才真的是不落的太陽。

在動盪的一九八九年，我確實得到古希臘女神和其他古典女神們的拯救。我從她們身上得到的生命提示有如得到火把的照明。當我看到她們那雙黎明般的清亮而安寧的眼睛，就知道自己已穿過暗夜並戰勝死神的追逐，又回到人類母親的偉大懷抱，用不着繼續驚慌。我在漂泊路上的滿身塵土是維納斯的眼波洗淨的，我的已經臨近絕望的對於人類的信念是在蒙娜麗莎的微笑裏復活的。

就在拂去風塵和復活生活信念的那一瞬間，我想到，如果地球上沒有巴黎，這個星球將會何等減色。而如果人類社會沒有至美至柔的維納斯與蒙娜麗莎，假如連她們也沒有存身之所，那麼，這個世界該會何等荒涼與空疏。我相信，沒有她們，歷史將走進廢墟，世界將陷入比戰爭和瘟疫更加可怕更加悲慘的境地。

我愛拯救過我的維納斯與蒙娜麗莎，愛拯救過我的溫暖的巴黎。對於她們，我將永懷敬意和永存感激。

二

巴黎屬於法蘭西，又不僅屬於法蘭西。倘若要推舉世界的藝術之都，只有巴黎才當之無愧。巴黎是開放的，它總是敞開温馨的懷抱歡迎人類羣體中的精英去加入它的創造。

盧浮宮坐落在巴黎，但宮中的許多天才藝術品並不都是法國人創造的。維納斯出自古希臘的藝術家之手，蒙娜麗莎出自意大利的達．芬奇之手。巴黎珍藏了那麼多畢卡索和梵高的無價傑作，而畢卡索是西班牙人，梵高是荷蘭人。世界各個角落的人類大智慧都在這裏匯聚，成其靈魂的一角。法蘭西的文化情懷是博大的，她不擅於嫉妒，不擅於說「不」，而擅於伸出手臂去接受一切人類的驕傲，不怕異國的天才會掩蓋它的光輝。

中國血統的大建築設計師貝聿銘所設計的透明的金字塔，就坐落在盧浮宮門前。這是一個充滿詩意的奇迹。貝聿銘的膽子真大，他竟然敢在人類心目中最神聖的藝術殿堂裏構築另一殿堂。然而，他成功了。他的透明的金字塔是一種真正的後現代主義藝術建築，最現代和最古典的美和諧並置，遙遠的時間凝聚在此時此刻透明的空間中。古埃及的文化靈魂在廿世紀重現時，竟是水晶般的明亮。金字塔的尖頂可以把人們的視線引向無盡的天空，不會讓人覺得它佔據了盧浮宮門前那一片有限的珍貴的地面。而且，塔一透明，就不會影響遊覽者的視線，人們仍然可以看到原有的藝術宮的全貌。何況透過玻璃之牆觀賞盧浮宮的舊建築，朦朦朧朧，又增加了一層歷史感與神祕感。金字塔下又別有一番天地，這樣配置，使本來只是坐落於地平面上的盧浮宮，增加兩個層面：地下的層面與天上的層面，變成一個立體的、引人浮想聯翩的藝術大樓閣，使巴黎的靈魂散發出新的靈氣與奇氣。貝聿銘的名字，成了巴黎靈魂的一部分。由此，我在盧浮宮的噴泉下遊思，不僅聽到遠古文明與當代文明的對話，而且總是想到貝聿銘和我共同的故園，想到東方智慧與西方智慧結合時，人間的確更美。

三

巴黎是天才之地，也是凡人之所。它有靈，也有肉。它固然神奇，但不是神話裏的王國。巴黎的靈躲藏在盧浮宮和數不清的書籍裏，當然也在法蘭西人的精神裏。而巴黎的肉則顯露在金碧輝煌的紅燈區，巨大的燈光「水輪」轉動着另一世界的故事。巴黎的靈與肉都有磁力，都能吸引萬里之外的遊客。遊客裏有的是靈的崇拜者，有的是肉的尋覓者。夢巴黎者，有酷愛藝術以至愛到顛狂的痴人，也有嚮往「肉術」嚮往到變態的「肉人」。社會總是不純粹，有各種顏色的共生，有高雅與鄙俗的共存，才叫做社會。在塞納河畔，在埃菲爾鐵塔下，男男女女，都在說笑，白人、黑人和黃種人都在享受今天和追求明天。到處都有生活，到處都有期待。巴黎尊重各種存在方式，並不想用一種存在方式去統一其他的存在方式，因此，各種人都在尋找慰藉，都在展示靈與肉的處所。社會本來就是這樣，似乎毋須太看破，用不着刻意謳歌，也用不着蓄意詛咒，溢美和溢惡都無濟於事。

當一九一五年陳獨秀在《新青年》創刊時發表《法蘭西人與近世文明》時，當他發出法蘭西式的啟蒙呼喚時，是否想到法蘭西也是一個社會？是否想到在豪華的大街裏也有乞丐、娼妓和失業者呢？是否想到法蘭西在推翻巴士底監獄的革命之後並沒有同時建立人間的極樂園？鮮血曾經流了一百年。而當浪漫主義詩人們在大夢破滅之後，是否也想到巴黎也是一個社會，這裏雖有乞丐、娼妓和失業者，但還有看不完讀不盡的藝術太陽城呢？還有為人類苦難一直感到焦慮和不安的法蘭西精神呢？

可惜，好些夢巴黎者，竟遺忘維納斯與蒙娜麗莎。他們不喜歡巴黎的靈，只喜歡巴黎的肉。但是，紅燈區的大門是需要黃金的鑰匙開啟的。這一點，浪漫者們常常忘記。因此，他們總是充滿粉紅色的夢幻，以為巴黎乃是肉的天堂，他們可以像騎士那樣任意馳騁。可是，他們很快就絕望，因為那裏的「天使」只服從金錢的權威，並不優待革命的詩人。在空中旋轉的、流光溢彩的紅燈巨輪，只管刺激慾望，並不管慾望的滿足。於是，浪漫者感到絕望，由迷狂轉入頹廢。頹廢與革命本是兩兄弟：心路息息相通。於是，頹廢者立即又變成革命者，詛咒巴黎，宣佈夢的破碎，然而，所有夢的碎片，都只有肉的腥味。

四

一個有靈有慾的社會，一個有盧浮宮也有紅燈區的社會，這種文明是真實的，但並不完美。在羅丹的「思想者」雕塑面前，我想到世界最後的歸宿。世界最後是歸宿於盧浮宮還是歸宿於紅燈區呢？在靈與肉的搏鬥中，誰是最後的勝利者呢？我曾把自己的這一思索與憂慮告訴一位法國朋友，但他不能接受我的擔憂。法國朋友的浪漫氣息是很濃的，他指着新建的凱旋門說，那才是我們的歸宿。法蘭西在拿破崙時代建立了第一個凱旋門，紀念戰爭的勝利，而現在他們又建立起第二個更大的凱旋門。友人說，這是維納斯和蒙娜麗莎的凱旋門。世界上到處是坦克和原子彈，但至今沒有把她們摧毀，這難道不值得慶賀嗎？法蘭西人是樂觀的，他們的藍眼睛能看到各種凱旋，從不動搖對於人類的信念。我雖然悲觀一些，但在新凱旋門下也被法蘭西精神所感染，也願意人類文明真如他們所期待的那樣，最後將佈滿美的星辰和愛的星辰。這種凱旋的預言也將支持我不斷前行，不激烈，也不頹廢，只是不斷前行。

（選自《劉再復精選集》）

又見日本（二題）

丸山與伊藤

今年（一九九一）秋天，東方的兩個國家，我的故國和日本，又在紀念魯迅。一個作家，老是被紀念，並不是好事。顯學很容易變成俗學，偉人也很容易變成俗人，紀念多了，作家被各種人所塑造，包括被佞人、讒人、巧人、小人所塑造，就會變得面目全非。

今年人們又記起魯迅的亡靈時，我就替魯迅擔心，我知道，魯迅這幾十年被當作救世藥方，但被用得太狠，快要變成藥渣了。魯迅在生前就寫過《藥渣》一文，難道他也該演出化為藥渣的悲劇嗎？

我是十年前北京紀念魯迅誕辰一百周年活動的籌備委員，五年前，我又是紀念魯迅逝世五十周年紀念學術討論會的主持人，加上看熟文化大革命的種種吃魯迅世態，對於魯迅紀念的因因果果，實在是太清楚了。

紀念的人羣就是一個社會，有學者，有作家，有官僚，有民眾，也有痞子和騙子。紀念的動機也有種種，有的想媚上，有的想媚俗，有的想借偉人之名宣傳「主義」，有的想以權威之名抬高自己，有的想以魯迅這一敲門磚去敲開宦門和宮廷之門，有的則完全是為了混個「魯迅研究學會」的理事當當，自然，也有許多是出自於愛和景仰，以及對知識和真理的追求。總之，目的有偉大的，也有渺小的，有乾淨的，也有骯髒的。真誠與作戲，思索與表演，混成「一團」。但在「一團」中，我明明白白地看到來自東鄰的兩位學者是乾淨的，單純的，執着的，這兩人，一個是東京大學的丸山升教授；一個是東京女子大學的伊藤虎丸教授。此次到了日本，才知道無論在東京還是在京都、大阪，這種單純執着的學者和朋友還有不少，我所結識的尾上兼英教授，也是一個。當尾上兼英知道北京文化部幾個官僚阻止我到日本時，他憤然辭去仙台紀念活動「學術委員會」委員長的職務。他把學術尊嚴和學術道義看得高於一切，不愧是《魯迅私德》的作者。前些年讀他的《魯迅和尼采》時絕沒有想到這位學者有這種德性的力量。

丸山升和伊藤虎丸是我和文學研究所的老朋友，我們所的刊物發表過伊藤教授《魯迅和終末論》和丸山升教授的研究三十年代中國文學的論文。在丸山升先生的主持下，《魯迅全集》被譯成日文，工程浩大，真使我們佩服。他們倆的年紀大約都比我大十歲左右，而且都是知名教授，但很奇怪，我很喜歡和他們交談，而且也喜歡和他們開玩笑。儘管他們的中國話講得不算流利，但我們的玩笑卻玩得很開心，這大約是因為他們身上都有一種天真的書卷氣和認真勁。我以往生活的環境太多革命氣與政治氣，所以就喜歡有書卷氣和認真勁的朋友。使我感到有意思的是，丸山升是日本的老共產黨員，但沒有半點黨氣，我雖然也是共產黨員，但也喜歡隨便些，不喜歡黨氣，所以老被認為是自由化分子。這回到了東京，伊藤虎丸才告訴我，丸山升是日本共產黨內公認的一個很直率、很純潔的共產黨員，他常常對共產黨提出非常尖銳甚至非常尖刻的批評，但誰都相信他有一種很純潔的願望和期待，決不忍心整他。政治集團也有不忍之心，這是我以前沒想到的。伊藤虎丸則是一個基督教徒，愛心中不摻半點假。一個是共產黨員，一個是基督教徒，但他們卻是很好的朋友，還合作編撰《中國文學詞典》。伊藤虎丸說，這就因為他們的內心有一種東西是相通的，他們都拒絕暴力，而且都崇仰中國的革命文學與革命文化，這種文學與文化是他們年青時代的夢。也許夢得太真切，所以，當一九八九年天安門廣場事件發生以後，他們便痛苦到極點。他們覺得大海那邊的事件打穿了他們的夢，一個基督教徒柔軟的心靈和一個正直的共產黨人單純的心靈，無論如何也不能接受。他們實在受不了，於是這兩年，他們寫了許多批評文章。丸山升送我一本剛剛出版的《中國社會主義的反省》，其中就對「六四」進行了很坦率的批評。讀了這些書和文章，才知道他們是那麼痛苦，心疼的東西和破碎的東西是那麼多。我分明看到字裏行間有許許多多夢的碎片。

但是，他們關懷中國文學的心總還是那麼堅韌。記不得哪一位日本朋友笑着說，我們是熱心，灰心，又不死心。真的，他們的心還是那麼熱。一九八九年秋天，伊藤虎丸掛念大陸的朋友，特地自費到北京去看他們，他顯然是為了去撫慰朋友受驚的靈魂，而且，他還協助高筒光義先生準備資助中國辦一所大學。高筒光義先生是一個很有才能又很有正義感的企業家，他因為獲得一種重要發明的專利而擁有一筆巨款，並想用這筆巨款在大陸辦學和辦刊物。此次，我見到高筒光義先生，他對中國文化的純正的懷愛真使我感動。他告訴我，你隨時都可以到日本，不過，你別那麼辛苦地準備學術論文，只是來玩玩，純粹玩玩。他知道，離開故土的中國知識者的靈魂太沈重了，需要大自然的花香草香。不過，我也知道，在舊夢破碎之後，他們又在編織新的夢，不管在未來的時日裏還會不會有新的破碎，但此時，我真是尊重和欣賞他們的夢。

也是因為不死心，所以伊藤虎丸和丸山升兩位教授就特別賣力地參加仙台的紀念魯迅誕辰的籌備活動，並到處尋找我的地址。今年春天，我突然接到伊藤教授的信，信的第一句話就使我感到他的天真勁和真摯情感還似以往，他說：「兩年前，我們每天都盯在電視前面，突然間，在畫面裏的天安門廣場上，遇見了戴着麥杆帽子的您的勇姿，從那以後，我和日本中國學術界的同仁們一直十分關懷您的處境……」，讀了信，我笑了，我竟然有「勇姿」。但我感到欣慰，一個在異國他鄉漂泊的遊子，知道在大洋的另一方有嚴肅的學者如此赤誠的牽掛和尋找，是應當感到欣慰的。他的信還附上仙台東北大學校長發出的邀請函。從那以後，我們便等待着秋天的見面，這也是小小的夢。沒想到，北京文化部的幾個敵視我的官員得知邀請我的資訊時，便阻撓我去日本。這一下真把這幾位熱心的教授氣壞了。連這點小夢也不許做，豈有此理！尾上兼英教授辭職並宣佈解散仙台紀念活動的「學術委員會」，作為學術委員的伊藤虎丸、丸山升、丸尾常喜、藤井省三等教授決定在東京大學另組織國際的學術討論會，再次邀請我和李歐梵、林毓生、蔡源煌諸友參加。這一回，可把這幾位教授累壞了。日本可沒有我們中國方便，一開會有國家出錢、出力、出車、出人，他們全得靠自己，重新籌款，重新安排會議程式，組織論文，當接待員，事事「親躬」。九月廿一日晚，煙雨濛濛，伊藤教授和他的女兒到機場去接我們，從機場到城裏路上來回折騰了五個小時。見到伊藤教授時，我真是不安，覺得文化部的干擾對我這種久經勞動鍛練過的人其實甚麼也不會損失，不過倒真的苦了友邦這些熱心的老教授了。本該我捱整，變成他們捱了整，心真實在過意不去。不過，也因此，我真切地感到日本學者對中國和中國文化的關懷，真是大大地超過我們對日本和日本文化的關懷，我感到慚愧。

回美國後，我就給伊藤教授打電話，他已累得病倒了。而丸山升教授在早一個星期就病了。我深深地感到不安，我知道，這回他們的病，大半是因為我的緣故。他們太累了，但他們畢竟用全部真誠證明了日本學者的良知與尊嚴，比起那些喊着魯迅之名而與魯迅精神相去萬里的各種人物，他們真是高尚多了。我相信，惟有這種高尚，魯迅的亡靈才有微笑。

訪箱根

應日本東京大學文學部的邀請，我又一次訪問日本。第一次訪問日本是在一九八四年秋天。兩次訪問都在秋天，而且都在九月、十月之交。然而，兩次的訪問感受很不一樣。第一次我是作為中國青年代表團的團長，在統一安排下生活，儘管日本的朋友非常熱情，但總是帶着一種「國家」的集體感覺。集體的感覺，總是有點遲鈍和籠統。

此次訪問則完全是個人的學術訪問，個體的感覺器官輕鬆、自由得多。因為輕鬆，總想到處玩玩，雖是參加學術活動，還是想借機遊山玩水，觀賞一下鄰邦的風光。到東京之前，就知道因為中國文化部的幾個小官僚閑極無聊而把手伸向日本學界，引起日本學界的魯迅紀念活動組織分裂成兩半，此事要是在以前，我大約會氣憤、抗議，忙乎一陣子，但此次我卻滿不在乎。我已不像以前那麼愚蠢了，拿一些蒼白乏味的官僚當作自己的對手，這與拿一些家畜當對手其實差不多。所以，仍然只想玩玩。

日本的朋友伊藤虎丸教授和丸山升教授理解我，便請兩位年青教授陪我和歐梵兄去參觀著名的遊覽區箱根。兩位年青教授雖是書生，但對遊覽卻很內行，他們把我們帶到著名的火山口——大涌谷。這裏真是個奇異的地方，到處是火山爆發後留下的痕迹，而且，地火還在燃燒，濃煙還在往地上冒，風一吹，煙霧彌漫了整個山谷，霧氣裏含着很濃的硝煙味，使人想像到噴火時的恐怖。因為地火還在地下奔突，所以地上的山泉水是滾燙的，善於經營的日本人就利用這熱泉把雞蛋煮熟，並起名叫做「黑油子」賣給遊客。好奇的遊人自然都要嘗嘗黑油子，我也不例外。一邊吃着黑油子，一邊觀看着被濃煙襲擊着的山峯，真有一種怪誕的感覺。大約是因為老是生活在千篇一律的環境中，所以就喜歡怪誕，喜歡怪人、怪景，甚至怪物。見到眼前這種怪味的景色，自然是高興，絕不會想到腳下的火山可能再次爆發，我將和山上草木同歸於盡。

大約因為覺得老是生活在政治意識形態的籠罩下太累，所以總是企圖逃避文化而去欣賞造化，選擇到箱根，自然也是嚮往造化。沒想到，躲藏在箱根的造化中，卻有日本文化與來自西方卓越的文化。畢卡索的美術館就在這裏。我在巴黎、芝加哥、紐約都見過畢卡索的畫展，但未見過 Picasso 的名字如此巨大地挺立在大自然之中，一見到這個名字，才知道東方對西方文化的尊重，也有一種大氣魄。畢卡索美術館位於箱根國立公園的中心，它僅僅是「野外雕塑美術館」的一角。整個雕塑美術館範圍非常寬，在綠得令人醉倒的草地上，有來自世界各地的現代雕塑羣。其中最使我吃驚的是它竟有那麼多莫爾的著名作品，其中有一些是大富豪洛克菲勒臨終前捐贈的，他相信，日本民族是懂得珍惜應當珍惜的東西的。見到碧溶溶的草地上挺立着的雕塑，我才感到造化與文化是可以非常和諧地交織在一起的，也使我知道，不管對日本文化作何種評價，但它確實在努力使自己的文化世界化，努力擴大自己的文化視野。它絕對不會用一種神聖而愚蠢的理由去拒絕享受人間的藝術大智慧。

作為中國人，看到日本土地上有這些世界公認的藝術精品，我真的有點嫉妒了。日本是個島國，而有一部分富人肯用巨大的財富去吸收藝術品，也真是聰明。不管他們在購畫中有甚麼利益原則在支配，但人類世界的精品畢竟一幅一幅地流入這個東方的國家。當我知道他們的富豪用數十億日元買了一幅梵高的畫之後，我的思緒是很複雜的。我不知道甚麼時候，我的故國也會有一羣具有文化心靈的富豪，他們也有足夠的文化素養去珍愛世界上一些最值得珍愛的東西，也願意建設一個野外的文化公園，也懂得欣賞畢卡索與莫爾，也給這些大藝術家留下一點美的空間。

本想只是玩玩，又想到故鄉故國，真是不可救藥。趕緊打住，否則，該又要沈重起來。

（選自《漂流手記》）

純粹的呆坐

好幾個星期天，我和小女兒靜靜地坐在斯德哥爾摩市中心的音樂廳門口，就坐在台階上。純粹呆坐着，沒有一句話，只是呆呆地看着眼前的人羣，看着他們在台階下的小廣場買鮮花、買葡萄、買橘子、買蔬菜。

幾位來自大陸的朋友，我帶他們逛街後也帶他們到這裏歇腳，也坐在這台階上，也呆呆地看着走動的人羣，看着他們買鮮花、買葡萄、買橘子、買蔬菜。

這些朋友和我一樣喜歡這些乾淨的台階，喜歡在這裏純粹呆坐着與呆想着。沒有說話，只是張開眼睛看着陌生的、走動着的男人與女人，這裏沒有表演，沒有故事，甚至沒有甚麼聲音。一切都是瑞典最平常的人與生活。時間從我們身邊悄悄流過，行人從我們面前緩緩走過。沒有東方大陸裏的喧囂，也沒有北美大陸的匆忙。一個小時過去了，我們坐着，兩個小時過去了，我們還坐着，直到買完菜的妻子來招呼回家，才醒悟到已經坐了很久。

要走了，才與朋友相視而笑，奇怪彼此沈默得那麼久，但都明白，我們不約而同地欣賞一種和音樂廳裏的藝術完全不同的似乎沒有甚麼欣賞價值的東西。

因為愛想事，有時也突然想起，為甚麼喜歡在這裏呆坐，呆坐着欣賞、享受些甚麼。想想，便悟出自己是在享受一種氣氛，一種過去生活中缺少的氣氛，這就是和平、從容、安寧的氣氛。瑞典也有緊張，也有失業，也有煩惱。但他們生活裏總是擁有一種牢靠的安全感。他們用不着擔心明天會有戰爭發生，會有政治運動發生，用不着擔心突然會被拋入一種神聖名義下的殘酷的互相廝殺的生活，用不着擔心今天說了一句錯話，明天就會遭受滅頂之災。這是值得羡慕的。在純樸的瑞典人看來，這是最簡單、最平常、最起碼的人生空氣，是用不着操心的。而我和我的同胞，卻為此操了許多心，直到今天，還不能放心。

前兩年在芝加哥大學時，聽阿城說，「在大陸生活時，總覺得有種味道不對，而且揮之不去。」這種味道也就是彌漫於生活的每一角落的人生空氣，到處都有的、怎麼也逃脫不了的社會氛圍。這種氛圍正與我們在音樂廳門口所感受的空氣完全不一樣。我和朋友久久地坐在那裏，其實就因為自己喜歡那裏的空氣，平靜的、和諧的空氣，沒有硝煙味也沒有硝煙餘燼味的空氣，更沒有血腥或血腥遺留下的氣味，瑞典已經好幾個世紀沒有戰爭了，也沒有對自己的同胞與兒女的殺戮。

在離開瑞典的最後的一個星期，我還和女兒一起在那排台階上作最後的一次呆坐。此次呆坐時，我心中竟萌升一種期待，期待我和女兒還有女兒的同一代人，有一天也能像北歐人羣那樣生活，能把握住今天與明天，能深信明天一定也是和平與安寧，用不着老是高呼口號和高舉戰旗，也用不着老是看到批判、鬥爭與殺戮。我期待我有一天也能坐在故國禮堂前的台階上，靜靜地呆坐，看着流動的人羣，欣賞着他們買鮮花、買葡萄、買橘子、買蔬菜。

（選自《遠遊歲月》）

採蘑菇

到了秋天，瑞典滿山遍野都是蘑菇。草地上，山坡上，樹陰下，到處都有。一見到這麼多蘑菇，我和妻子一下子就着迷了。採蘑菇簡直太好玩了，比打網球、野餐、釣魚都好玩。我好些天顧不得讀書寫作，天天去採蘑菇，幾乎成了採蘑菇專業戶。

我們居住的屋前就是一座小山林，山林裏到處藏着蘑菇。我們愈採愈有味，愈走愈遠，山林的深處，靜悄悄，我們一點也不怕。

蘑菇有許多種，有的有毒，有的沒毒，我分不清。但妻子興致濃得不許我懷疑。她說，「怕甚麼，小時候我在家鄉也採過蘑菇。你看，這種蘑菇是蟲吃過的，蟲吃了都不會死，我們吃了就會死嗎？」「那麼，這些蟲不吃的呢？」「蟲不吃的你可以聞一聞，有土香味的就可以採，有土臭味的而且外表很美麗的就有毒，就不要採。」她那麼自信，好像採蘑專家，我也就放手採了，每一回總是採上二三公斤重，滿滿的一塑膠袋。

採來的蘑菇鋪滿陽台，吃了一個星期，也沒出甚麼事，照樣很健康，於是，膽子更大，採得更多。朋友來了，還請蘑菇宴。從日本遠道而來的高橋信幸先生到我家時，我們也請他吃蘑菇，他連連叫好。告訴他這是自己採的鮮蘑菇，他更高興，走的時候，一直說這一餐太有味道了。前年我到日本訪問時認識了高橋先生，他是高筒光義先生的朋友，並協助高筒先生做基金會的工作，他們資助辦了《學人》雜誌，還想資助辦一所私立大學。我到日本時，他們讓我吃的東西實在太好，我幸而有新鮮蘑菇相報，心裏實在高興。

因為蘑菇採得入迷，常常不在家，有朋友來訪，小女兒就說：「爸媽都去採蘑菇了。」於是，採蘑菇的名聲就傳出去，一傳出去，可把馬悅然教授和陳寗祖大姐驚動了。見面時，悅然說：「你們應當馬上停止採蘑菇，萬一吃到有毒的可不得了。」我剛想要說我妻子是個採蘑專家，擁有分辨鮮花毒草的能力，他卻根本不容分辯地說，絕對不能再去採了。見到他那麼認真，我只好接受他的勸告，勉強地點點頭，寗祖大姐猜中我仍不死心，就說，前年楊煉到這裏也採得入迷了，悅然就讓他搬家，搬到遠離山林的地方。這麼一說，我才知道入迷的不僅是我和我的妻子。馬悅然教授當時正在全神貫注地翻譯《西遊記》，這是他譯了《水滸傳》之後的第二大工程。每天都盯在電腦前，滿腦子是孫悟空的故事，可是，放下孫悟空和妖魔，竟又想到我在採蘑菇。讓老先生這麼擔心，我們也還是克制一下自己，暫時停止了兩個星期的採蘑活動。

兩個星期後又憋不住，又和妻子往山林裏鑽。我們想，馬教授又忙着孫悟空「打魔」，不會知道我們又在「採蘑」。不過，為了讓他放心，這回我們「只採不吃」，其實，採蘑的樂趣全在尋找與採集的過程中。在這一過程中，我倒發現自己心中也有一個孫悟空，總是好奇好動，總是想跳出來「攪亂世界」。這回碰到一座花果山似的蘑菇山，能不好好玩它一陣嗎？

（選自《遠遊歲月》）

「寧靜」的對話

到瑞典之後，給我最深的印象是它的寧靜。寧靜像白雪一樣默默地覆蓋着森林、草地和海洋，也覆蓋着學校、街道和商場。寧靜壓倒一切，包括壓倒鬧市的喧囂。

在斯德哥爾摩大學的校園裏，更是寧靜。我窗外就是學生的紅磚宿舍羣樓，三四個月來，它給我的印象就像遙遠的古堡，既凝聚着歷史，也凝聚着寧靜。住在這裏的年青人，長期生活在寧靜中，常感到寧靜太重、太濃，重得有些寂寞，濃得有點冷清。於是，他們於冷清中生出一計：相約在星期二晚上的十點鐘，大家都朝窗外呼喊，一舒胸中的寂寥。這一時刻到來時，就能聽見四面八方潮湧般的聲音，劃破夜空，尋找心靈的回響。我的小女兒蓮蓮一聽到這聲音就衝開門窗，拽掉平素的羞澀，朝着朦朧中的樓羣長叫幾聲，然後自己高興得連蹦帶跳。而我在一片混然的雜鳴中驚奇地感到，在夜色籠罩下的土地上，竟潛伏着這麼多渴望吶喊、渴望傾吐、渴望交流的生命。人類的生存畢竟是相關的。太不相關，就會寂寞，就會有對寂寞的反抗。

我開始只是好奇。最近幾個星期二的夜晚，在女兒開窗之後，竟然也不由自主地跟着女兒長喊幾聲，喊完之後和女兒相對大笑。女兒笑甚麼，我不知道。而我，則是笑自己曾被寂寞壓迫得不知所措，惶惶不可終日，就像剛剛走出軀殼的鬼魂。笑完之後感到一陣輕鬆，並悟到自己已經戰勝多年來的大寂寞，反而喜歡寧靜，喜歡和寂寞開個舒心的玩笑。於是，我和渴望吶喊、渴望衝破寧靜的生命展開了關於寧靜的對話。

「太寧靜了！我們需要聲音！」

「我愛寧靜！我被喧囂折磨得太久了！」

「喧囂裏有騷動！喧囂裏沒有寂寞！」

「喧囂裏有大寂寞！你們不了解大寂寞！」

「反正我們要享受聲音！」

「反正我要享受寧靜！」

每一次相互呼喊都是對話。我喜歡寧靜中那些年青生命的聲音，也喜歡寧靜本身。為了一張寧靜的書桌，我曾經喊破了嗓門。寧靜是我的奢侈品，一到瑞典，我就充滿喜悅地意識到，我要好好地享受寧靜。在寧靜中，讓思緒潺潺流動；在寧靜中，討回往昔被大喧囂消耗的生命，而且領悟難以化入喧囂的大寂寞和離開喧囂後的大孤獨。喧囂後需要寧靜，孤獨後也需要寧靜。被喧囂撕毀的生命碎片需要在寧靜中重新聚合。假如有一天，我也像瑞典的年青朋友覺得寧靜過於沈重，那也不要緊，我也可以再朝着夜空吶喊，反正沒有人干預，反正都是人的聲音而不是狼的嗥叫。

（選自《遠遊歲月》）

怪傑之鄉

離開瑞典的前夕，我和妻子、小女兒到挪威作北歐最後一站的旅行。乘火車從斯德哥爾摩到奧斯陸只用了六個小時。挪威人口僅四百萬，但人才卻不斷出現，僅僅這個世紀，就出現了幾個世界性的怪傑，例如戲劇家易卜生，畫家猛克，音樂家克里格，都很傑出，也都很怪。我此次到挪威的心理動力，就是想去尋找這些怪傑的故鄉和他們的蹤迹。

因此，到了奧斯陸之後，就請來自大陸的留學生陳鎖芬和她的 Rune 先生幫助，馳車六個小時，直奔易卜生的故鄉。在車上，我一邊觀賞挪威的海灣、山巒和在微風中泛着碧波的草地，一邊想着易卜生：這個宣稱「獨戰多數」和「世界上最孤獨者乃是最有力量者」的怪傑，原來就在我腳下這塊土地上誕生，他那古怪的叫喊就從這裏發出，然後傳到遙遠的我的故國，然後又進入《新青年》而煽動了整整一代中國知識分子。他的《傀儡之家》也從這裏的舞台進入中國的舞台，並引起中國發生一場戲劇革命和家庭革命。一個北歐人的腦袋，從這個地球的北角放了一槍，竟影響了我的億萬同胞的命運，不能不說真是神奇。世界如此小，思想的力量如此大，人類又如此相關，大約連易卜生自己都沒有想到。

易卜生的故鄉有兩處展室，一處坐落在一個公園裏，這是他的寫作室；另一處則在易卜生童年的故居。兩處都很簡單，與中國的魯迅博物館相比，實在是太小了。兩處都只有幾間小屋，其簡陋完全出乎我的意料之外。全世界出版各種文字的易卜生著作難計其數，可是，在展室裏只見到《培爾．金特》等幾種英文本，非常可憐。到這裏，才知道挪威對名人的崇拜決不像中國具有那麼大的規模。中國對於名人，無論是摧殘、扼殺還是崇奉、膜拜，氣魄都很驚人。

展品雖小，倒也可以見到易卜生的個性。童年時代的易卜生雖出身地主之家，温文爾雅，但內在思緒已有怪氣，不同凡響。他給他的兩個弟弟畫的肖像，竟然一個是狼，一個是狐狸。這兩幅少作，現在還掛在牆壁上，實在珍貴得很，他記錄了這位偉大作家從小就善於寫人的第二現實，即人的精神意識，而且一寫就帶上幽默與怪異，思路絕不尋常。

怪就是不流於一般，不做多數的俘虜。其實，多數的力量是最可怕又是最能扼殺天才的力量。天才要生長，就得獨戰多數，保衛內在的奇氣，易卜生在多數人的眼裏，不免古怪。可是社會倘若不允許怪人的存在，社會就只能產生庸才，而不能產生傑出人才，更不必說天才。

易卜生到老都拒絕抹掉自己的怪脾氣，只任自己的個性不斷發展。作家與科學家不同，他們無需太多全面的理性，倒是絕對需要筆下的奇氣和奇性情。能把個性推向極致的作家才能戰勝多數。因為大作家都明白這一點，所以總是拒絕背叛自己的個性，這就難免發生文士之間的互貶相輕。易卜生和瑞典的大作家斯特林堡就是著名的互不相容的一對。在易卜生的寫作室裏，掛着克里斯田．克勞格畫的、他的「頭號敵人」斯特林堡的像，這一古怪的擺設，有兩層意義，一是激勵自己的寫作，記住敵人的存在確實是防止偷懶的最有效的辦法。穿着掛滿勛章的袍子的易卜生如果沒有強大對手，恐怕也難免偷懶。二是易卜生自己說明過的：我總是擺脫不掉「這個瘋子」的眼睛。好吧，讓這雙眼睛天天看着「我寫得比他好」。北歐這兩位天才的爭論是很有名的，他們的許多見解正好相反，然而，這不影響他們都成為人類文化星座中的一顆奇特的星斗。

參觀故居之後，幾乎買不到甚麼紀念品。倒是小女兒蓮蓮買了一本英文本的《培爾．金特》。她看到故居展室裏有中國青年藝術劇院演出《培爾．金特》的劇照，對這本書就更有興趣。然而，她並不知道，她能到西方求學，也與這個怪人相關。易卜生的名字在五四時期像春雷一樣響亮，他打的雷和閃的電，一直射到長江黃河邊上，把許多還在睡夢中的類似林黛玉、薛寶釵這樣的知識才女都驚醒了，並從此紛紛走出家庭的圍牆而走入社會最後還走向世界各方。那個時代，沒有一個中國大作家不談易卜生，誰都覺得他確實幫助中國人走出黑暗的鐵屋子。

那一天的旅行，我們都很累，一早就從奧斯陸出發，直到晚上七八點鐘才回到城裏，鎖芬與 Rune 輪流駕車，一路飛馳不斷，也找不到餐館，全靠早晨從一家越南店裏買的二十根油條支撐着。雖然疲倦，但心裏卻很充實，我相信，這個世紀談論易卜生的中國知識者很多，但真正走到他的童年的故居去撫摸他那些平常的桌椅、小牀及他讀過的書籍的，恐怕只有我和很少的一些中國的留學生，為此，我真引以為榮幸。

（選自《遠遊歲月》）

尋找舊夢的碎片

今年六月中旬，瑞典的「國家、社會、個人」學術會議之後，我和與會的部分朋友一起乘船到彼得堡旅遊。這些朋友包括：李澤厚、李歐梵、李陀、葛浩文、北島、高行健、萬之、陳方正、金觀濤、劉青峯、劉禾、汪暉、高建平、李明等，除了葛浩文及其兩個女兒之外，都是中國人。

中國人特別是中國詩人與學人，對俄國都有一種特殊的情感。歐梵一踏上遊輪就感慨：我研究俄國思想史，愛俄國甚於愛中國。與歐梵相比，我們這些生活在大陸的學人，對俄國更是有一種特殊的精神聯繫與命運聯繫：俄國，曾經是我們的夢，曾經是我們的追求與期待；而屹立在波羅的海岸邊的彼得堡，死了的列寧格勒，更是我們的夢中之夢。

在輪船的甲板上，望着滾滾流逝的波浪，一種尋找舊夢的感覺便驟然升起。我知道列寧的名字已被海那一邊的城市與國家拋棄了，往昔的君王彼得大帝的名字又重新飄揚在那裏的高樓與大街。在還沒有尋找到舊夢的時候，夢已破碎了一半。歷史的滄桑如此迅猛與殘酷，幾乎使我難以置信。我的人生一直連着馬克思的宣言和列寧的革命帝國，當列寧的塑像被絞刑架似的起重機高高吊起的時候，我的心複雜地顫抖着，而當列寧的名字被彼得大帝取代的時候，我的靈魂又再一次震動。然而，我必須面對事實，面對我的舊夢被撕碎的事實。儘管被撕碎了，但我還是要去看看，至少我可以尋找到一些夢的碎片。

踏上彼得堡海岸的那一瞬間，我一眼就看到海埠的樓頂上寫着「列寧格勒」，非常粗陋的字牌，沒有任何裝飾。城市變動了，但作為歷史陳迹的名字還保留着。大部分俄國人是厚道的，當他們告別列寧時代的時候，並沒有把列寧的名字放到腳下踐踏或高喊「踏上一萬隻腳」，社會大變遷時並沒有太多瘋狂。只是「列寧格勒」字牌下一片蕭條，海關像殘破的舊廟，海關人員像疲倦到極點而懶得翻經書的老和尚，有氣沒力地打開我們的護照。

過了海關，就是兌換貨幣的小窗台，那裏標着當天的外匯兌換價格。一美元可以換一千一百三十四盧布。我記得當年戈巴契夫總書記每月工資是四千盧布，還記得我的俄語老師告訴過我：你大學畢業後領到月薪五十六元人民幣相當於三十盧布。兌換外幣後，我們這些東方漂泊者頓時意識到自己乃是「百萬富翁」。

一美元（即一千一百多盧布）在俄國可以購買不少東西。我和李澤厚參觀冬宮之後去逛百貨商店，商店裏沒甚麼食品，卻有各種非常便宜的商品。我們各自用一千盧布買了一個袋子繁多的大背包，還用三千多盧布買了一個足有二尺高的且非常精緻的俄羅斯布娃娃。布娃娃的大眼睛轉動時非常迷人。這麼便宜的（相當於二點五美元）布娃娃擺滿了櫃枱，可是沒看到當地人去碰碰她，買這種布娃娃，大約太奢侈了。我真是愛不釋手，而且想到當年報刊上的一句話：「蘇聯老大哥的今天就是我們的明天」。明天，明天中國的布娃娃能這麼美這麼便宜嗎？

逛了商店後，我們又去逛涅瓦大街。我記得列寧說過，革命不是涅瓦大街。因此，一站在涅瓦大街就有一種熟悉感。正在想着列寧的名言時，一位俄國人走到我們身邊。一眼就可看出他是一位知識分子，果然，他用英語與我們交談，他說他是一位英語教師。沒想到，他竟然請求：「Can you give me one dollar？」（「你能給我一美元嗎？」），說得明明白白。我們自然不會拒絕，然而我幾乎抑制不住內心的震動。一個我往日夢中的先行者，一個我憧憬半生的列寧之城的「靈魂工程師」，竟開口要一美元，這是真的嗎？這是真的，他明明站在我們面前。我們問他，「你對俄國的未來有甚麼想法？」他搖搖頭說，「我們太疲倦了，已經沒有力量考慮未來了！」「那麼，你贊成這兩年的變化嗎？」「當然，倘若不變，我們還得永遠苦下去！」俄國的知識分子大約真的感到沒有力量思考未來了。從上一個世紀十二月黨人開始，俄國的知識分子就為自己的國家的新生而奮鬥，而坐牢，而被流放，而被殺頭。革命，失敗，革命，成功，但是，到頭來，還是一片蕭疏，一片貧窮的大曠野，一片令人迷惘的破爛不堪。為了一美元而操心的知識者還有甚麼力量去操心一個龐大國家的未來嗎？

然而，一美元對於今天俄國的普通公民是要緊的，他們每個月的工資大約才相當於六美元。一美元他們可以看十五次芭蕾舞表演，可以參觀二十五次冬宮。無論怎麼動盪與貧窮，舉世矚目的俄羅斯芭蕾舞和其他藝術還活着，還照樣像太陽天天從山邊升起，還照樣在燈光下做着牽動人心的精彩表演。我們到達彼得堡的第一天晚上就去觀賞芭蕾舞，正巧趕上年青芭蕾舞演員的會演，那精湛的藝術，讓我們傾倒。俄國文化的根底畢竟雄厚，擁有這種文化的國度必定擁有明天，這位英語教師暫時還看不到或者不願意去想的明天。

不管彼得堡給我們籠罩的氣氛如何使人迷惘，但我們遊玩的興致卻很高。坐着旅遊車，聽着俄國小姐介紹每一座古老而著名的樓房，看到舊俄時代留下來的建築依然厚實地屹立着，像恐龍的骨架。彼得大帝為俄羅斯創造的恐龍時代，至今還到處留下值得驕傲的痕迹。導遊小姐介紹着，我們靜靜地傾聽着，欣賞着。惟獨見到一座華麗的大廈時，導遊小姐指着它說：「這是彼得堡最好的大飯店，裏面非常漂亮而且非常舒適！」整車人才哈哈大笑。因為正是昨天晚上，我們就在這個飯店領教過晚餐，除了吃到二片硬得幾乎啃不動的麪包之外，絕對感受不到舒適。從餐館回到船上，大家仍然覺得很餓。幸而我的妻子菲亞早就聽說俄國缺少食物，她從瑞典帶來了兩條大香腸，此時可算是雪中送炭。大家用小刀一片一片切着，還小飲葡萄酒。北島吃得特別香，並喃喃地說：「幸而吃了這兩片香腸，否則晚上就睡不好了。」這是我們在彼得堡度過的一次真正的半古典半現代的共產主義生活。

我們這次旅行的高潮不是在冬宮博物院，而是在阿芙樂爾號炮艦前。看到阿芙樂爾號，我們幾乎都「哦」了一聲。「十月革命的一聲炮響，給我們送來了馬克思主義！」原來就是它。炮艦大約刷新過許多回，比我們在電影《列寧在十月》裏見到的要漂亮得多。對着炮艦，大家都很激動，是高興？是悲哀？是驕傲？是懊喪？是歷史壯劇的開始？是歷史悲劇的起點？我一下子全模糊了。此時，我才發現自己丟失了阿芙樂爾號的意義。意義消失了，但它畢竟是歷史。它不僅改變了俄國的命運，也改變了中國這個世紀的命運。中國在這個世紀的壯烈與荒謬，戰爭與貧窮，革命與革革命，甚至連我的老師們帶着高帽掛着牌子遊街示眾，然後走進豬欄與牛棚，都與阿芙樂爾相關。現在，俄國人對阿芙樂爾已失去敬意，中國人的敬意也在消失，然而，我們還是樂意以它為背景合個影，因為對於我們，這才是完整的故事。

（選自《遠遊歲月》）

徘徊冬宮

一

也許我是一個在十月革命彩虹下做夢的人，所以一見冬宮，就心潮起伏，就想到阿芙樂爾號的水兵炮擊它的歷史壯劇。那時，克倫斯基臨時政府的蠢才們正在宮裏空談形勢，而列寧領導的工人和士兵已經衝進雪白色殿堂的大門了。這一偉大的瞬間，是二十世紀第一個真正的大地震，它搖撼了世界，也搖撼了中國，最後還搖撼了我和許許多多人的命運。可是，才過去幾十年，歷史翻開了另一頁。又是一個瞬間，又是一場大地震，蘇維埃紅色政權消失了，列寧格勒的名字被抹掉了，城市的圖騰與榮譽交回給這個城市的締造者彼得大帝。

我和高行健、北島、李陀、劉禾、汪暉等幾位朋友在冬宮廣場上拍照之後便獨自徘徊了好久。出國之後，到了許多國家，但沒有一處使我這樣充滿感觸。歷史滄桑如此偶然與迅速，真使我暗暗吃驚。

一個列寧建立的歷時已近七八十年的革命大帝國就這樣瓦解了，連戰爭也沒有。不錯，連當年阿芙樂爾號的炮聲和工人的吶喊都沒有。沒有人起來保衛革命帝國，沒有人為它拋頭顱灑熱血，沒有人為它的消亡哭泣與憂傷。俄國的工人和士兵身上的血是甚麼時候開始冷卻的？他們怎麼會連冬宮和整個俄羅斯大地改變顏色都無動於衷？他們的生命激情到哪裏去了？革命的神聖理想和神聖名義到哪裏去了？

在平靜的、行人稀疏的冬宮廣場上，我心底一陣一陣地捲起波濤。我不怪這些工人與士兵，踏上俄國土地之後，我才具體地知道，他們不惜犧牲為之奮鬥的政權，連最起碼的麪包都缺少，更不用說自由。直到八九十年代之交，煎熬他們的仍然是一九一八年前後的麪包問題。在龐大的革命王國表象背後，俄羅斯已成了廣闊的荒墟。面對着現實，從總統到平民，從元帥到士兵，都覺得日子過不下去了，都覺得需要更換一種生活方式，需要改變一種沒有希望的體制。無需戰爭，從上到下都接受這種改變。歷史就這樣無情地撕掉舊的、曾經激動過全世界心靈的一頁。

冬宮沈默着，它只是無言的見證人。

二

在冬宮廣場的右角上是地攤。小生意人正在地鋪上叫賣着蘇聯的遺物，包括國徽、各級英雄勳章、勞動模範勳章和各種等級的舊盧布，還有列寧像章和鑄着列寧像的勳章。我用一美元買了兩枚銀色列寧，捏着它，竟說不清是温熱還是冰冷，感覺不在手裏，而在心裏。想到人生久久地伴隨着列寧的名字，想到自己崇拜過的導師和精神大帝竟貶值到這個地步，心裏真難受。我的崇拜是真實的。在最美好的青年時代，我就拚命地讀馬列的書，就在革命的經典裏打滾和取暖。在五七幹校裏，列寧的《國家與革命》、《唯物主義和經驗批判主義》是規定必讀的六種馬克思主義原著中的兩種，我更是不知讀了多少遍。這兩本書的書頁沾着許多泥土和我手上的汗水。還有黃河與淮河鹹澀的風。而長達數十卷的《列寧全集》，我也常常翻閱，在集子中我投入青春的熱情、夢的嚮往和將來的期待。在我的心目中，列寧是不同於史達林的。列寧把政權作為手段而把理想作為目的；而史達林正相反，他把理想作為手段而把政權作為目的。中國的激進革命論者並不真正尊重列寧，他們也像史達林那樣把政權作為目的而把理想作為手段甚至把列寧也作為手段，因此，列寧就像任意被捏造的泥團，也變得面目全非。他們的一切胡作非為，包括像踐踏豬狗一樣地踐踏學者的尊嚴和生命的權利都把列寧拉來壯膽。他們以列寧的名義把國家元首劉少奇打成叛徒、工賊、內奸，然後把他變成滿身尿臭和屎臭的白毛女；他們還以列寧的名義對辛勤和卑微得像螞蟻的小學教師、中學教師實行鋼鐵一樣的專政；在許多地方，一些革命派把割下的人頭掛在胸前，也以列寧的鐵的專政的名義。在中國，我看到兩個列寧，一個是偉大的列寧，建立第一無產階級革命大帝國的列寧；一個是可憐的列寧，被用來作為蹂躪良知蹂躪婦女的面具和小丑般的傀儡，難怪人們會拋棄他。

我的故國尚且如此，更不用說列寧的祖國。列寧的祖國一面高舉列寧的旗幟，一面則利用列寧的名字無情地屠殺、監禁異端，流放最有才華、最有良知的作家，連把整個國家拖入貧困也以列寧的名義。一部蘇聯製作的《列寧在十月》的影片在中國佔據了整個十年的歲月，我至少看過二十遍，影片中的列寧，對着高爾基人道的請求竟回答說：「我的身上至今還留着知識分子的子彈」，影片的製作者以列寧的名義煽動對知識分子的仇恨，把知識分子視為敵對政治集團的幫兇。但是，蘇聯這樣做，最後導致知識分子和他們所關懷的人民拋棄列寧和列寧締造的政權，造成革命大建築最後的雪崩。而列寧的名字也從天堂上掉落到最不值錢的地攤上，原來神聖的列寧像章變成一個時代的廢品被沿街叫賣，而且警察還在跟蹤和盯梢着這些可憐的叫賣者，他們在列寧締造的政權下難以聊生，為了一條麪包常常要排三四個小時的長隊，冬天缺少煤和柴火，他們只能拋棄列寧的名字和列寧的旗幟，否則就難以存活下去。

我捏着列寧的像章，捏着一段可歌可泣又可憐可歎的歷史，也捏着我們已經歷過的一段長長的道路。端詳着列寧像，我並不怪他，他呼籲俄國人民從戰爭和飢餓的糞窖中走出來並沒有錯，然而，那些利用他的名字的人卻毀了他的名字與事業，正是那些把列寧的名字叫得最響的人把列寧引向失敗，引向被賤賣的地攤。

三

時間容不得我在廣場上多想。朋友們召喚我趕快到冬宮裏參觀。十月革命後冬宮已變成藝術博物館。參觀了冬宮博物館，我則被另一種景象所震撼，美的感覺一下子壓倒我對歷史的憂思。館裏收藏着這麼多豐富的藝術品，這是我想像不到的，除了產生於俄羅斯本土的最珍貴的名畫和雕塑之外，還有從西方搜集來的珍貴巨畫。甚至有文藝復興時期最偉大的畫家拉菲爾的作品。在看到拉菲爾的瞬間，我產生一種嫉妒：要是我們故國藝術館裏有這樣一幅畫，那個藝術館就會像升起了太陽，不僅滿院生輝，而且會光照大地。也在這個瞬間，我對彼得大帝產生一種敬意。畢竟是他首先打開了俄羅斯大門。這個嚴酷而氣魄雄大的君主崇尚西方文化。如果不是他敞開門窗引入西歐清新的異質文化，就沒有十八世紀特別是十九世紀俄羅斯的輝煌文化，就沒有普希金、果戈理、屠格涅夫，更沒有陀思妥耶夫斯基和托爾斯泰，當然也沒有列賓這些藝術大師。歷史真是充滿偶然，出現彼得大帝也是偶然。一六九七至一六九八年，這位改變俄羅斯面貌的沙皇，到西歐作第一次遊歷，旅程經柏林至荷蘭，然後又到英國。他從小就喜歡水，童年時代曾經在他父親的鄉村別墅裏乘坐一艘土制的小船在養鴨池裏行駛，差點淹死。但是，他對水的熱愛至死不變。於是，他成為帝王後便心向大海，向大西洋沿岸的歐洲國家學習，之後又在波羅的海岸邊建造起新的沙皇帝都（Imperial Residence），也就是以他的名字命名的彼得堡。俄國因為他的出現，便在全世界面前突然崛起。這一崛起，不僅出現了一個強大的國家，而且也形成了一個擁有大藝術的冬宮。如果彼得大帝不是酷愛水、酷愛大海、酷愛巨大輪船的彼得大帝，近代俄國就會是另一種樣子，拉菲爾也絕對不會踏進俄羅斯的宮殿和心靈。

彼得大帝通過他的改革使自己的國家強大，建立了一支擁有二十萬陸軍和四十八艘戰艦組成的強大海軍，在一七〇九年擊敗了瑞典軍隊而稱霸北歐。可是，僅僅經過二百一十年，他建立的帝國就破爛不堪，最後被列寧的士兵一舉推翻。彼得大帝再偉大，但他的軍隊和權力，最終還是過眼雲煙。任何政權，放在歷史的長河中觀看，只不過是忽上忽下沈浮不定的走馬燈而已。彼得堡的名字被改成列寧格勒，列寧格勒又改成彼得堡。誰又敢保證彼得堡是永恆的名字呢？然而，彼得堡也許會更換名字，而彼得大帝為之開路而進入俄羅斯的拉菲爾和俄國土地上生長起來的大藝術卻是永恆的。歷史會遺忘甚至會抨擊彼得的龐大艦隊，但一定會懷念和謳歌他為近代俄國的精神燦爛開了先河。

（選自《西尋故鄉》）

嫁錯了對象的國家

四月底，正是春夏交接之際，我和斯德哥爾摩大學東方語言文學系主任羅多弼教授，飛越波羅的海，到Riga（里加）的拉脫維亞大學訪問。

此次我的訪問興趣特別濃，因為我渴望了解拉脫維亞。這個生活在蘇聯大家庭中數十年而剛剛獨立的國家，走過了一段社會主義路程之後正在尋找新的路。我也是來自社會主義國家，身上長滿着看不見的社會主義細胞，大約正是這種細胞，使我很想去看看這片前社會主義的土地。四年前，一位剛從蘇聯訪問回來的朋友告訴我：你應當到蘇聯看看，你到過北美、西歐、日本，還應當看一看俄國和他的加盟國，這樣對世界的認識就比較完整。

到了拉脫維亞首府里加之後，迎接我們的是拉脫維亞大學東方系的依博里斯教授，他把我們送上公共汽車。一進公共汽車，我就有一種「似曾相識」的感覺。車身破舊，好些座位只剩下銹迹斑斑的骨架，整個車子仿佛就要散開，很像十幾年前我在中國小城鎮中見到的那種身經百戰的交通怪物。車子一路顛簸着，時時發出怪響。我站在車上，緊緊抓住橫杆，但仍然貪婪地看着每一座房屋，每一條街道。當車子駛過一條大街時，依博里斯教授介紹說：這是一條歷史性的大街。這條大街在十八世紀拉脫維亞併入俄國時，便以沙皇的名字命名，稱作亞歷山大路。沙皇垮台之後，一九一九年拉脫維亞獨立了，這條路便改為自由路。一九四〇年拉國又併入蘇聯。不久後卻被德軍佔領，而這條路又改為希特勒路。德軍敗退後則改為列寧路。一九九一年她再次獨立後，這條街又改為自由路。我很能理解大街名字的不斷變遷，我國在文化大革命時期也一直忙着改名，北京和全國其他大小城市到處都有東方紅大街、反帝路、反修路等輝煌名稱。政治強者們總是希望自己不朽。

依博里斯教授說，這次大街又命名為自由路了，拉脫維亞人希望能在自由路上一步一步走下去，但是他們仍然擔心，將來有一天又會有新的強悍者的名字來取代自由的名字。自由路是拉脫維亞人自己選擇的，而亞歷山大路、希特勒路、列寧路是他人強加給他們的。拉脫維亞是一個只有二百六十萬人口的小國家，他們渴望自由，但是一代又一代的強悍者總是要剷除他們的自由之路。此次選擇後，他們仍然心有餘悸。

然而，我在拉脫維亞訪問三天之後深信：拉脫維亞的列寧路確實走不下去了，自由路是他們惟一的選擇。如果不是親自來看一看，怎麼也想不到，一個社會主義國家竟如此貧窮，如此破舊。我雖然僅僅逗留三天，但我可以列舉出一百個例子來證明我的感受。然而，我不想把我的散記變成流水賬般的遊記，只想說，我看到的每一樣東西，從銀行裏商店裏到處都擺着的粗陋的算盤到知識分子扛着上六層樓的自行車，從電視機的開關到廁所的水龍頭，從飯店的麪包片到學校課堂的桌椅，都讓我傷感。生活的品質是那麼低，那麼粗糙。不是一角一部分的低劣和粗糙，而是整個的低劣和粗糙。粗糙得像我這樣一個在貧窮的中國浸泡大的知識分子都受不了。不說別的，就說我們居住的大學招待所吧，那個又大又笨重的電視機，按了開關之後至少等了兩分鐘之後才顯像，我就按捺不住性子。而且，那個轉動調台的按鈕更是古怪，我使盡氣力竟沒法打開，虧得羅教授年青，力氣比我足，才硬是把它轉開。據服務員說，這是個彩色電視機，可是我怎麼看也看不出彩色。我懷疑自己的眼睛已經老花，便問羅多弼，他說他也看不出彩色。那兩天俄羅斯正在民意投票，我在電視上看到葉利欽的臉竟是黑漆漆的，而且變形，幾乎認不得了。

住宿之所品質差，吃的更差。我們到達的那一天，依博里斯教授帶我們到大學屬下的一家飯店用晚餐。這頓晚餐是自從我離開河南幹校之後吃得最粗糙的晚餐。一碗甚麼味道也沒有的紅蘿蔔菜湯，兩顆土豆，一塊名為豬排但絕對沒有任何肉味的東西。晚餐後不到兩個小時，我便覺得又渴又餓了。於是，我便建議出去找點飲料喝。可是走了好幾條街也找不到飲食店或咖啡店，好不容易才在市中心真找到一家大旅館，這是惟一有夜宵的旅館。服務員告訴我們，在第四層有個小酒吧。我們一起進去，馬上覺得味道不對，燈光昏暗，天花板上的兩盞燈，只有一盞亮着，另一盞只剩下一個燈架。櫃枱邊左側坐着兩個打扮得相當妖豔但絕對不得體的女人，還有兩個年青的男人，右側則有一扇神祕的小門，常有女人出入。羅教授說，這些女人說不定是妓女。我們看了看，頓時心慌起來，匆匆喝了一杯水拔腿就走。夜晚的里加，整個城市靜悄悄。這天晚上，我躺在牀上，想到昨天看到的瑞典，也想到今天看到的拉脫維亞，覺得歷史真不公平，給這只有一海之隔的兩個國家這麼不同的生活。這裏的一切都那麼蕭條，那麼不景氣。

最使我受不了的是連大自然的品質也變得粗糙。里加是個海港城市，依博里斯教授建議我們到海邊玩玩。而且讓他的學生茵娜小姐陪同我們。茵娜小姐是我在拉脫維亞見到的最漂亮的年青女子。拉國雖是窮國，但人們注意穿戴打扮，不失人的尊嚴，茵娜的穿戴更是一派清脫之氣。她會講英語、漢語，前年還到北京師範大學深造一年。

到了海灘上，踏着一片平沙真是舒服。可是，這裏的海留給我的印象卻是很深的失望。這是我在西方第一次見到的如此混濁的海水，海面上覆蓋着烏黑的一層油。油迹在陽光下閃着鐵色的光，像充滿皺摺的皮膚。稀少的遊客在沙灘上一邊觀看一邊躲閃着，生怕鞋子被帶油的海水污染。我是一個對海非常敏感的人，沒有海，我簡直無法生活。去年舒婷到美國時，在電話裏告訴我，聽說王永慶要到廈門市附近建化工基地，她簡直受不了。海是她的生命之源和詩歌之源，如果海被污染了，她就想自焚。對於海，我和舒婷的感覺是一樣的。見到被污染的海，我竟閃過煮海的念頭——想放一把火燒掉海面上那一片可恨的烏黑。

站在海灘往西邊望去，在海的那一邊就是瑞典和丹麥。在哥本哈根的海岸上，我曾久久地凝視着美人魚雕像，至今，我還記得海水的清澈與碧藍。在斯德哥爾摩的皇后島上，我也曾經久久地凝視着遊弋於海面的白天鵝，每一隻天鵝都被海水洗得潔潔白白。想到這些，我突然想到拉脫維亞本來也是一位很美的姑娘，就像海邊的魚美人。可惜，她嫁錯人了。嫁給了一個名字叫做「蘇聯」的泥足巨人，和他聯了姻，成為他的一個加盟共和國。如果不是嫁錯，也像魚美人那樣獨立地站在波羅的海海邊，她一定比今天美得多。不過，我很能理解錯嫁的心理，五十年代初，中國選擇「一邊倒」，也是錯嫁給蘇聯。「一邊」倒向這位老大哥的懷抱之後，真吃了不少苦頭。一九六〇年左右，我們全都得水腫病，瘦得皮包骨。幸而，這段「婚姻」早就破裂，我們沒有和老大哥「白頭偕老」，因此也沒有貧窮到老。

在海灘上惟一使我感到安慰的是茵娜小姐告訴我們，拉脫維亞政府已開始清理海灘。這是多麼好的消息，歷史已開始清理強權者留下的垃圾。拉脫維亞明天的海灘一定是明麗的。正如現任拉脫維亞大學的校長對我們說的：現在拉脫維亞的政府總理、教育部長、銀行行長，還有他自己，都是學物理學出身的，拉脫維亞已從政治強權時代走進物理時代。在物理的時代裏，人們總可以活得輕鬆一些，符合常理一些，大海也一定會乾淨一些，明亮一些，符合天理一些。我相信走在自由路上的拉脫維亞，明天一定會擁有蔚藍色的大海，擁有赤橙黃綠的海灘與潔白的天鵝。

（選自《遠遊歲月》）

丟失的銅孩子

離開奧斯陸已經三個多月，但腦際中還是不斷地浮現着威格朗的雕塑公園（Vigelandsparken）。沒想到，挪威之行，這個公園留給我如此難以磨滅的印象。

也許因為在我的第一人生中，對現實的生命感受得太多，看到太多的生命被奴役和被摧殘，又聽到太多生命的申訴與呼喊，自己又因為一場生命的悲慘劇而遠走天涯海角，因此見到一個全是生命雕像和生命讚歌的公園，便分外感動。

公園裏的一百二十一座雕塑全是出自威格朗之手。他真是大手筆，竟能通過雕塑的語言把生命的孕育、誕生、壯大、成熟的過程，表現得如此動人，竟能在冰冷的青銅和花崗巖石上譜寫出這種洋溢着生命激流的交響樂。

人的全部生命都是從一個最簡單的事實派生的，這就是男女的交媾。於是，這個公園就以此為中心點形成它的結構。在公園的中心最高處矗立着一座高達六十英尺的「生命之柱」，這是男性的象徵。生命之柱下是由三十六組羣雕組成的生命之輪，這是女性的象徵。生命之柱的石雕，我在別的國家也看過，但因表現得太一般而無法留在記憶裏，而這裏的生命之柱則別具風格，它是由無數生命意象緊貼成的大集合體，柱子上佈滿着渴望生活與思索生活的人體浮雕。每個人體都像生命之柱上強勁的筋絡。而生命之輪則是托着生命之柱的圓台，這是生產着生命和轉動着歷史的輪子，其建築形狀類似北京天壇的祭台。人類生命的杠杆正是這一柱一輪神祕的轉動，圍繞着這一杠杆的雕塑羣展示的正是生的奇觀與神祕，這些陷入生之慾望中的男男女女，有的擁抱，有的歡悅，有的憂傷，有的瘋狂，有的直抒胸臆，有的委婉低訴。而從生命之柱通向公園門口的路上，又有兩排長達百米的雕塑線，這是生命的伸延，伸延到公園之外的無邊的歲月。

我在如此精彩的雕塑羣中幾乎不知所措。時間有限，不知道該選擇哪一傑作細細品賞。不過，當我走到一個男孩的雕塑前，便自然地停了下來。這個小孩仿佛正在生氣，仿佛正在與世界展開最初的對話，但是，他又表達不清，於是，他着急，雙肩拱起，還跺着小腳。看到這畫面，我好像重新見到自己童年時代的倔強、頑皮以及母親賦予的全部天性，還有那種尚未進入虛假世界之前所擁有的野氣和真純之氣。正看得入神，當嚮導的留學生姚小玲告訴我們：這座銅孩子雕像曾經被偷過，後來又找回來了。這個消息更增加了我的興趣，盜者是為美而偷還是為錢而偷呢？人間的卑鄙的竊賊也知道孩子的天真天籟價值無量嗎？而真正牽動我情思的是酷愛孩子的挪威人。當他們知道這個銅孩子丟失之後，舉城震動，仿佛丟失了魂魄，整個奧斯陸陷入困惑與焦急的追尋之中。他們不能接受丟失銅孩子的事實。只有找回銅孩子，他們才能安穩入睡，才能重新得到靈魂的安寧。聽了這個故事後我在想：假如他們突然丟失一大羣活生生的孩子的生命，將會怎樣？我相信，他們一定會發瘋，一定會舉國陷入「救救孩子」的狂喊與啼哭之中。在銅孩子邊上是表現父愛與母愛的作品。看到飽經風霜並已過中年的裸體男子高高地托起他的幼兒，看到這舉得高高的愛，我感到自己的眼睛濕了，能夠自由地高舉生命之愛是多麼幸運呀！如果有人粉碎這高高托起的愛，而我能自由地抗議，不會因為這抗議而漂流異國，又是多麼幸福。在見到的那一瞬間，我這麼想。出國後，我就喜歡搜集表現父愛的藝術照片，喜歡像挾着小豬一樣地挾着孩子的年壯的父親，也喜歡像拋着皮球一樣地把孩子拋向空中又輕輕接下的年青的父親，也喜歡眼前這羣裸體的像托着星斗般托着孩子的成熟的父親。

父愛作品的另一極，是母愛。我曾經寫過《慈母頌》及另外幾篇懷念母親的作品，說我母親當過三代人的奴隸：我的父親；我和我的兄弟；我的女兒。我歌頌「為奴隸的母親」，不是希望天下的母親去做牛馬，而是禮讚那些甘當牛馬的母親胸懷中的那一種可憐而偉大的至情至愛。沒想到，地球北角的一個藝術家的心靈竟然和我如此相通，他表現的母愛，也是俯首甘當牛馬的母親。我看到一座極為動人的雕像：一個長得胖胖的年青母親，像牛馬匍匐在地，馱着自己幼小的男孩和女孩，她長着兩條長辮，一條自己咬在口裏，一條被孩子牽拉着，就像牛馬的轠繩。孩子們天真地笑着，盡情地享受着小腿下温暖的母性的山脈。這座石雕女人多麼像我的母親：以前馱着我和我的弟弟，現在馱着我的兩個女兒。然而，我絕對想不到刻畫兩條長辮子這一神來之筆只屬於挪威的天才，這又粗又長的辮子讓人感到，年青的母親身上躍動着的生命活力和把全部活力奉獻給孩子的深長之愛，其分量真如山高海闊。生命之美化作孩子的轠繩，拉着轠繩的孩子從牛馬似的母親中得到無知無邪的快樂，這母親之愛無論如何是不能忘記的，從地球的東方到西方相隔萬里之遙，而母愛卻如此相似，可見人類的天性本就相通。我的母親的長辮子早已消失，如今只有滿頭的白髮，但是，我仍然記住她拖着長辮子的歲月，把青春和生命獻給我的歲月。

威格朗雕塑公園裏還有一些人與自然互相哺育的塑像，這些也令我震撼。至今，我還記得一個母親伸出乳房正餵養着一隻小羊。這個世界，無論是人或自然，都是母親的乳汁滋潤的。母親的乳汁不僅哺育着自己的孩子，還哺育着大自然。我看到這幅年青母親餵養小羊的塑像，使我感到母親具有佛性，她愛着所有的生命。這裏的一切母親的形象，都使我確信，惟有生命之輪才永遠轉動着愛，轉動着新的誕生，轉動着偉大的天才和新的歷史，連雕塑家本身也是母親所誕生的。

（選自《遠遊歲月》）

甜蜜的哥本哈根

哥本哈根距離斯德哥爾摩很近，但城市的性格卻很不相同，斯城顯得很重，哥城卻顯得很輕。今年六月底，我和李澤厚、汪暉、高建平、李明等幾位朋友遊玩了哥本哈根回來之後，竟情不自禁地說，沒想到哥本哈根這麼浪漫。

汪暉在返回的路上巧遇到一位漂亮而有思想的波蘭姑娘，她也剛離開丹麥。汪暉問她：「你喜歡哥本哈根嗎？」她不作判斷，只是說：「哥本哈根太甜了。」這位波蘭姑娘的印象真有意思，她用一個「甜」字來描述哥本哈根確實十分恰當。可惜未婚的汪暉沒有抓住這位聰慧的姑娘，短暫相逢之後就讓她遠走了，而且從此恐怕難再相逢。人生瞬息的失落有時會留下永恆的心靈的孤獨。

哥本哈根如何甜，我的體驗並不深，因為逗留的時間太短，只是在城市的表面滑動。不過，我們也看到斯德哥爾摩所沒有的甜蜜的白天與夜晚。夜間隨處可見霓虹燈下歡騰的酒吧，舞場與性商店及性表演場，在我們旅館附近的一條小街上，就有紅燈區。可是，小女兒劉蓮步步尾隨着，我們只能沿街一瞥便匆匆走開了。在白天，則有位於市中心的大遊樂園，在此處，我們倒讓小蓮盡興地玩了一天，連李澤厚也坐不住了，他事先吃下預防心臟病的藥丸，然後也和蓮蓮坐上數十米高的航天器在空中飛旋了幾十圈，讓我們在地面上看得發呆。這時我才發現，李澤厚的膽子比我還大。

與浪漫有關的還有一個性史展覽館。哥本哈根辦這樣一個展覽館，可謂別出心裁，這裏展出的圖片、文字和錄像，有人類對性的認識的發展輪廓，有性與權力、性與文明的糾葛線索，我因為生怕尾隨的小女兒受精神污染，一直陪着她，不讓她去看錄像。因此，我們就在世界名人的性觀念展室停留了好久，欣賞從馬丁・路德、尼采到馬克思、諾貝爾，一直到希特勒、史達林、瑪麗蓮・夢露等名人對性的見解。沒想到馬丁・路德完全同情婚外之戀，他認為婚約不應當成為人性的鎖鏈，如果丈夫或妻子成為對方的折磨時，他（她）有權利尋找另一情侶作為磨難的撫慰。這位宗教改革大師顯然是情愛多元論的支持者。

哥本哈根最甜的其實應當數聞名北歐的啤酒街。各國的遊客都到這裏求醉，不習慣太浪漫的瑞典人也常到這裏度過開懷暢飲的週末。啤酒街真像酒街。這是一條屹立於河邊的長達數百米的街道，沿街而立的是一小間一小間的掛着老牌號的啤酒店，酒店前豎立着有如古堡大啤酒桶，桶上安裝着黃金色的水龍頭，灌酒時嘩嘩作響，有如瀑布。酒花噴得滿街都是酒香，令人未飲先醉。我們坐在一張太陽傘下，舉着碩大的酒杯開懷痛飲。酒街乃是純粹的酒街，不許有其他食品進入，也不許有其他種酒雜混。只讓大杯的啤酒一統天下，來到酒街的浪漫者與浪迹者們自然是「一醉方休」，絕不留情。因此常常一飲就是幾個小時，甚至從早到晚。暢飲之時常有好友或情侶相伴，因此酒興極濃，不斷有即興表演或舞或歌或彈吉他，時間在酒裏流逝得特別快，假如中午到了酒街，轉眼就是黃昏。到酒街暢飲過幾回的友人告訴我，人生一旦開懷，真有無窮樂趣。本想自殺的一定會因此怕死，本想獨身的一定會想到應該戀愛一陣，酒中之悟非常特別。聽了朋友的酒話，頓時也領悟到放下世俗的慾望，作一片刻的開懷，確實要緊。人生之路已走了這麼久，甚麼時候大開懷過呢？甚麼時候放下世事的種種憂慮高高地舉起大酒杯而讓啤酒一泄胸中的塊壘呢？好像沒有過。怎麼到了「不惑」之年還不懂「關懷」的意義？怎麼到了「知天命」之年還不知生命乃是屬於自己，該揮灑一點真情真性？有抱負的人生常常十分可憐。

如果那位波蘭姑娘所說的「甜」，是指啤酒街中的開懷，我倒是很喜歡這種「甜」的，因為這種甜，絕不是酸甜，而是人類天性對自由的擁抱和體驗，我相信，那滿街的酒香，是能療治人間的虛偽與陰暗的，它不是外交場合那種溢滿着酸味的烈酒，愈喝愈使人走樣。

（選自《遠遊歲月》）

世界最後的歸宿

四五年前，我和幾位中國作家朋友第一次到巴黎時，確實不知道甚麼叫做「紅燈區」，為此，張賢亮開了我一陣玩笑：「他竟然不知道紅燈區？？竟然……」。是的，我真的不知道，一個在十年歲月中只能聽《紅燈記》的人，為甚麼一定會知道紅燈區呢！

也許是因為不服氣，也許是在世界的上空飛來飛去而飛得油了，我決定去看看紅燈區，觀賞一下繁華世界的肉文化。我並不脆弱，決不會從紅燈區走過就會被資本主義所俘虜。於是，在朋友們的「保護」下，我走過了巴黎的德爾尼大街，走過東京的十番街；最後，又走過阿姆斯特丹的紅燈高掛的說不出名字的小街道。

在巴黎的德爾尼街上，各種膚色的妓女沿街站立在店鋪的門口，有的照着鏡子等待着，有的抽着香煙正在與客人講價錢，有的則在賣弄風姿，扭來扭去。我初次見到這種情境時，真有點「驚心動魄」。走了大約十分鐘，就請求朋友帶我逃離了。後來，我聽到一位會法文的朋友告訴我，說有位妓女接受電視台採訪時不滿中國人。記者問她，你最討厭哪一個國家的客人？

她回答說：我最討厭的就是中國人，他們只是看，不做生意。的確，中國遊客到這裏觀光的不少，但敢於進行肉體與靈魂冒險的恐怕不多。

前年到了東京開會，朋友們又帶我到銀座附近的十番街。沿街走了一趟，看不見巴黎的那種情景，只是聽到妓院門口的男人用日語在招呼生意。朋友翻譯說：他們在喊「這裏有好姑娘喲！」這回我已不再「驚心動魄」了。

這之後，我又到了荷蘭去看望少年時代的同學，他帶我到海牙、鹿特丹和阿姆斯特丹觀賞了一個星期。火車駛過荷蘭的鄉村時，見到這片土地上的草地那麼乾淨、青翠，而牛羣、風車、鮮花又那麼美，真令人神往。可是，到了阿姆斯特丹之後，「紅燈區」的盛況使我大吃一驚，那真是紅光四射的被肉搏動的魔幻世界。妓女們不是站在門口，而是在透明的玻璃櫥窗裏，她們環肥燕瘦，弄姿搔首，坦然地展覽着肉的光輝。聽朋友說，兩三個世紀之前，阿姆斯特丹就是世界上最大的港口，世界各國的海員遠離家園，搏擊滄海，到了阿姆斯特丹都想快樂一陣，一洗身心的倦意。加上荷蘭法律上允許賣淫，所以色情業就特別繁榮。聽完介紹，我突然想到，阿姆斯特丹的紅燈區也許不僅是四面八方的海員們的落腳地，可能還是世界最後的歸宿。人類社會正在被物慾肉慾潮流所左右，世界正在走向肉人化。而且肉化的速度非常驚人。

這樣下去，人類的靈的部分愈來愈小，肉的部分愈來愈大，最後，人類可能就走向紅燈高掛的肉海洋中。

參觀阿姆斯特丹之後，我們又去參觀鹿特丹與海牙。

我早就嚮往鹿特丹，這回真是飽覽一下巨大的輪船。人生觀賞大自然的高山大海是一種樂趣，觀賞人造的龐然大物也是一種樂趣。我和朋友在鹿特丹的碼頭上轉來轉去，面對停泊在港灣裏的巨輪讚歎不已。到海牙，觀賞的則是另一種氣派。一走到王宮背後的大海灘，幾乎嚇了一跳，那是我從來未見到的奇特的景觀：數十萬男女裸着身子躺在海灘上沐浴夏日的陽光，女人的乳房有的全裸着，有的半裸着；男人有的赤條條，有的半赤條條，但都在盡情地享受陽光。彷彿陽光是一次性的，彷彿這是世界末日之前最後的沐浴。朋友告訴我，他喜歡這種享受生命的方式：全身心全意志地接受陽光、沙灘和大海，任何遮攔都是褻瀆大自然。

海牙也有紅燈區，也有肉的展示。而且那裏還有一大塑像，這是我們中國同胞膜拜過的史達林元帥的塑像，他立在那裏，筆直地斜舉着右手，給奔向紅燈區的人們指路和站崗。這奇景真使我愣了好一會兒。怎麼會想到在這樣的地點，這樣的時刻，讓這樣的偉人來站崗？是不是設計者和採納者覺得這位紅軍元帥與紅燈區在顏色上是相通的，蓄意玩着後現代主義的「並置」

遊戲？倘若是「並置」，這也是非常怪誕的並置：偉大與渺小，崇高與邪惡，共產主義與資本主義，革命與不革命甚至反革命。也許他們不是這個意思，而是另一種意思的並置：殘暴與溫柔，貧窮與繁華，無情與有情，極權與自由。怪誕的組合本來就怪誕，一細想，就加倍地怪誕了，幸而朋友知道我又要發書呆病，就提醒說，史達林你已看得太多了，不必多看了。然而，我還是繼續想，並對朋友說：這位設計者大約覺得史達林的紅色恐怖和紅燈區的肉慾恐怖，都使世界墮落。朋友聽完笑着說：設計者要是這麼想就好了，但他們決不會認為紅燈區是墮落。

由於史達林的耽誤，我和朋友只好匆匆離開海牙，趕回阿姆斯特丹。不過，我還想再次到海牙去，那裏的藍波碧浪驕陽，我還沒有好好欣賞。史達林對我來說，並不那麼重要。

（選自《遠遊歲月》）

西貢滄桑

如果有越南讀者讀到我這篇短文，請原諒我把胡志明市仍然叫做西貢。其實我很喜歡胡志明，覺得共產主義運動中的各國革命領袖，胡志明是最質樸、最可親的領袖，無論是掌握政權之前還是掌握政權之後，他都很像我家鄉的有知識的老農民伯伯。在我青少年時代所做的共產主義大夢中，他是我的一個理想人物，一個既區別於地主階級也區別於資產階級的真正的無產階級先鋒隊首領，這是奴隸的首領，社會的公僕，人民的長老。在越南南方的旅行中，我遇到幾個越南人，他們曾經是阮文紹政權的「偽職員」，但也對胡志明充滿敬意。我在此文中把「胡志明市」仍然稱為西貢，只是因為我的整個青年時代都在閱讀關於越南戰爭的新聞，西貢與河內這兩個對峙的符號，扎進了我的記憶深處，也許還進入潛意識。

因為越南是影響我思維乃至全身心的國家，所以在香港期間，我決心要去看看解放了的西貢，換了名字與旗幟的西貢。二〇〇五年夏天，正好紐約的好友仲麟、慧敏南來香港探親，願意陪我和菲亞去遊玩，越南之旅便成行了。

仲麟在聯合國裏做翻譯工作，中文、英文、福建話、香港話都好，又是一個旅行家與美食家，與他同行，不僅可以玩得好，而且可以吃得好，難怪菲亞說，最喜歡和仲麟一起旅行了。果然這一回旅行真是嘗遍越南的土特產，各類蔬果不用說了，最奇特的是香蕉蟲子。蟲子也可以吃嗎？仲麟說：好吃，著名特產。我還是拒絕，但菲亞說，我要嘗嘗，別人敢吃我也敢吃。顯得有點悲壯。主人知道遠方來客的顧忌，就先拿出一小碟讓大家看看，一隻一隻全都白白肥肥胖胖，像香蕉的濃縮體，只是一看到蟲子的小紅嘴和若干小腳，我就害怕。仲麟、慧敏、菲亞見了齊說好，於是，一人一碟還配了小酒杯。食完，仲麟與菲亞均未讚賞也未叫罵，大約是覺得吃蟲子屬於不好不壞、不中不西、不雅不俗、不鹹不淡的怪味餐吧。除了吃蟲子之外，讓我難忘的還有在海關的入境處簽證時，排得足有兩個小時的隊，出國之後，我已不習慣於排長隊簽證，但在西貢卻偏偏見到最長的隊，等候最長時間。第一印象就不好，我的越南，我在青年時代全身心支持過的越南，你讓我排隊排得真「受罪」了。

出關後到街頭搭車，印象也不好，剛出門，就有一大羣人包圍過來，有的把郵票冊塞到眼前，要你買，有的把竹笠子給我戴上，讓我試試，還有悄悄在耳邊問：要不要夜總會的票，是原價的五折，還有賣首飾、賣新鮮水果的。三十年前，我只知道「搶購」，現在才知道還有「搶賣」的。看來，西貢的資本主義自由已經「化」到我們這些來客身上了。

坐上車後，從窗戶看到滿街都是摩托車，二十年前我在北京長安街邊曾讚歎過自行車的巨流，這回看到的則是摩托的巨流，多數是小型摩托，而且騎者都戴着盔帽。一旦有紅燈攔住，更可看到摩托軍團的壯觀。這一壯觀讓我感受到一種伸手可以觸摸到的社會再生的活氣。戰後的越南，遍體傷痕，但不是廢墟，生命的巨流仍像不息的大河又在這片倔強的土地上洶湧流動。

到了旅館門口，就有人過來問要不要兌換越南貨幣，美元、港幣都歡迎，尤其是美元。越南人不喜歡美國，但喜歡美元。貨幣不分敵我，也不記仇恨，這也可以理解。還有一些小推銷員在門口發票，推薦他們的按摩房、洗腳房。旅館的老板說，別急，拐拐彎，邊上的幾條街到處都有這種服務行業，價格很便宜，可以直接收外匯。顯然，外匯正在化解戰爭的傷痕，並在為西貢開闢新的生活。

「印象」過後，我們選擇了一些觀光點。還是與戰爭有關的景點最吸引我們。參觀阮文紹總統府其實也與戰爭有關。這一總統府最重要的設備是防空設備。這種隨時準備迎接戰機、迎接炸彈、迎接失敗也隨時準備逃離的總統府真是單薄得很，簡陋得很，可憐得很。在大國的爭霸中，小國總統只有充當傀儡的宿命。傀儡沒有自由，也沒有安全。如果沒有崇高的信念，充當這種總統實在是受罪。站在總統府的頂端，看到只有一顆五角星的紅旗在飄揚，我想到，在孤星紅旗飄揚之前，這座府閣裏的總統恐怕沒有生活，陪伴他的恐怕只有恐懼。

比總統府留給我更深印象的是主戰場的壕塹。戰壕、防空洞挖得極深。深到出乎我的想像。我問導遊者，這種防空洞是不是也可躲過原子彈。導遊者說她沒有研究過這個問題，但她說這種足有百丈之深的防禦工事是世界罕見的。當時的戰爭有多激烈，這也是一個坐標。人類為了生存，不能從空中飛走，只能往地底深挖。死神的重壓與求生的力量之大在越南的往昔戰地裏處處可以感受到。我們惟一的一次觀賞越南大自然景色，也與戰爭相關。那是遊覽佈滿紅樹林的紅河灣。這是湄公河下游的入海口，半是河灣半是海灣。寬闊的河面上洶湧着濁黃色的水流，且與大海連成一片，相當壯闊。觀光點是一個長滿榕樹、紅樹林、椰子樹和芭蕉的小島，導遊者說，這是南北戰爭中南方游擊隊最活躍的地方。游擊隊躲藏在紅樹林覆蓋的海灣河灣裏，神出鬼沒，可以以一當十。美軍與西貢政府的正規軍拿他們一點也沒有辦法。為了讓遊客體驗當時的情景，觀光點上有許多私營小舢板船，我們租了一隻，讓小船帶着我們穿越盤根錯節的紅樹林區，感受一下游擊隊的水戰場，在左穿右拐的密林裏，我才感到美國人真傻，他們怎可陷入這種戰爭。在紅樹林裏紅色戰士從小就習慣混黃的河水，神奇的樹叢，他們是水裏的蛟龍，樹中的飛鳥，林間的獅子與豹子，他們當然注定是這片土地的勝利者。戰爭，對於來自北美的敵人，則處處是陷阱與鬼門關。

觀看西貢的基督海灘，也與戰爭有關。海灘的山頭有一基督雕像。在山腰上，基督憂傷地望着滄海。我們沿着石階一步一步登山，千級台階逼得我們不得不多次停下喘息。坐在石板凳上，有兩三個拿着集郵冊的差不多與我們同齡的越南人來和我講價，我翻了翻郵冊，有許多戰前發行的郵票與越南貨幣，就買了三本，他們很高興，就坐下來和我聊天，這才知道，這個灘頭原來是北方軍隊兵臨城下時西貢資產階級逃亡的地點。當時的富人們，手捧着金條和各種首飾，還有平時積存的美元，爭先恐後地擠在灘頭上，懇求來自香港和東南亞各國的艇隻，給他們一席逃難的艙位。共軍來了，狼來了，充滿恐懼的地主、資本家、小業主、小官員爭先恐後地逃亡，在基督的眼皮下倉惶入海。他們沒有想到，「共軍」來了之後除了「易幟」（換國旗）和易名（把西貢改為胡志明市），並沒有大規模的土地改革運動、三反五反運動，雖然抓了一些人但也沒有鎮壓反革命運動。緊張了幾年，他們又開放門戶，開放貨幣，開放市場。政府着手發展資本主義時才發現缺少資本，於是又想起逃到美國和世界各地的大小資本家，又制定各種優惠政策歡迎他們回來「建設祖國」，於是一個一個「還鄉團」又帶着重新積累的美元、港幣、台幣，回到往日狼狽逃竄的海灘，又見到山坡上憂傷的基督和山坡下自己的故園。他們從海灘出發轉了一圈大後又回到原先的傷心之地，和這些逃亡者與還鄉者一樣，歷史也轉了一大圈而回到原點，刀槍尚未入庫，但人們已不再崇拜「革命」而是崇拜在海外發了財的「反革命」了。

此次西貢之旅，帶給我一些莫名的惆悵。在返回香港的飛機上，我想，越南戰爭是我見到的最慘烈的戰爭，連我的祖國政府都聲明不惜以最大的民族犧牲支持這場戰爭。然而，戰爭是為了甚麼呢？僅僅是為了把西貢改成「胡志明市」嗎？儘管我很喜歡胡志明，但為了更換一個名字和一面旗幟，值得流下那麼多鮮血和製造那麼多屍體嗎？值得製造那麼多死亡、殘廢、哭泣和逃亡嗎？時間一過，一切都返回原點。正如鮮血流過，資本又返回西貢。

尋找中美洲的瑪雅遺迹

今年二月六日，科羅拉多高原剛剛下過大雪，天地間格外明亮，我們幾個高原上的好友乘坐飛機飛往美國南部城市新奧爾良（New Orleans），然後乘坐可容納兩千四百人的大遊輪「挪威人」號（Norwegian Cruise）直奔墨西哥的瑪雅遺址。此次中美洲之旅，由友人呂志明、朱秀娟組織，除了我和菲亞積極參與之外，還有李澤厚兄一家，大嫂馬文君和他們的兒子李艾都很高興。此外，還有我們的中醫朋友劉湧與嚴佩芬。

新奧爾良在二〇〇八年被卡特里娜颶風（Katrina）打擊過，城裏還到處留着傷痕。我們在這裏住了一個晚上，並在「地中海飯店」吃了帶有南美風味的晚餐。飯桌上我們討論了此行的目的地，三個中美洲國家，對於墨西哥與洪都拉斯這兩個國名是熟悉的，對貝里斯（伯利茲，Belize）則很陌生，它原是英國的殖民地（名叫英屬洪都拉斯），現自成一國，去看看也挺好。據說，現在還有二百萬瑪雅人的後裔散居在這三個國家與危地馬拉國之中。遺憾的是我們不能到瑪雅遺址的重地危地馬拉，那裏仍處於內戰的烽煙中。產生於公元前兩千年的瑪雅文明，擁有象形文字、擁有二十進位制與零概念數學的瑪雅文明，擁有上千個城邦的瑪雅文明，為甚麼在公元第十世紀突然消失了？為了解開這個人類心頭的共同之謎，一八三九年，考古探險家史蒂芬斯勇敢地率先進入中美洲的熱帶雨林並首先發現古瑪雅人的遺迹，發現遺址中竟然有巍峨的金字塔，還有宮殿、祭壇與天文曆法。上個世紀八十年代，更有一支由四十五名學者組成的大型考察隊，進入危地馬拉的雨林腹地，不畏美洲虎與響尾蛇的威脅，考察了整整六年時間，研究了六百多次瑪雅遺址。在飯桌上談起這些故事，我們除了對科學家們產生衷心敬佩之外，自己也產生了旅行的悲壯觀。

巨輪在海上行駛了兩天。二月二十八日抵達 Costa Maya Mexico（墨西哥），三月二日抵達 Belize City（貝里斯舊都），三月三日到達洪都拉斯（Honduras）的 Roatan 島，五日又向北轉到 Cozumel Mexico（墨西哥的科蘇梅爾）。三個國家中幾個有代表性的瑪雅遺址我們都去遊覽。每到一處，都有當地的導遊盡情盡力地為我們說明瑪雅文化的歷史和遺址的本來面目。每處遺址都有殘存的石碑、石柱，上面有文字也有圖像，導遊說，這裏記錄着歷朝歷代統治者的形象和朝代的歷史，可是我們卻一點也看不懂。我因首次見到熱帶大雨林，一下子就被這種大自然的氣象所震撼。如此龐大的爬滿青藤和長滿闊葉的原始叢林，立即把我帶進神祕的歷史滄桑之中。世界上最先出現的大文明，例如中華文明、古印度文明、希臘文明、巴比倫文明、古埃及文明、希伯來文明，全都孕育在大海之濱或大河流域之中，惟有瑪雅文明孕育在這種枝葉覆蓋的森林深處。三月之初，我們居住的科羅拉多高原還飄着雪花，而這些地方卻已進入攝氏四十度的高温。氣候惡劣，又缺少江河的滋養，在烈日的煎烤中，我才明白瑪雅人為甚麼特別崇拜太陽神（在幾處遺址中，見到的神像全是太陽神的神像），原來，太陽對他們是最大的威脅，可是，也是憑藉太陽的熱力，雨林裏才長出那麼繁密的樹果，這些果子可以充當一部分糧食。瑪雅人也有自己的農業，他們給世界創造了「玉米」，所以有人稱瑪雅文明為玉米文明。可是，居住在熱帶雨林中的這些瑪雅部落與瑪雅城邦，恐怕很難產生大農業與大畜牧業。與之相比，我覺得我們的中華民族真是太幸福了，處於温帶，處於黃河長江的澤溉之中，可以逃離可怕的炎熱，可以精耕細作，可以春秋皆有收成，這恐怕是瑪雅人難以想像的。我過去一直認為中華民族是最刻苦耐勞的民族，看到瑪雅人的生存環境，立即產生一個問題，中華民族刻苦耐勞是真的，但是能不能加上「最」字卻值得想想。要說「耐勞」，瑪雅人可能才夠得上。如此高温，如此雨林，他們用雙手把無數大石小石一塊塊地搬來，壘築成大廟宇大祭壇，壘築成大金字塔，這是何等辛勞。我們在貝里斯看到的名叫 Altun ha 的金字塔，高度竟有數十米，塔身九層，每層九十一級寬闊的石階。四周的台階共三百六十四級。我們一行，只有澤厚兄的兒子李艾攀登到塔頂。志明兄不服，年過六十，也接着登上塔頂。我和澤厚兄以及其他同伴，只能坐在塔下望遠興歎，感慨高塔的雄偉，也一再討論着一個問題，這麼多的石頭，在沒有機器的條件下，瑪雅人是憑甚麼力量把它搬入空中，建成這樣的摩天高塔的。想來想去，思古思今，答案只有一個：靠超人的耐力。瑪雅人具有超人的刻苦耐勞，這一點可以確信無疑。

可是，讓我深感困惑的是，瑪雅人像螞蟻一樣辛勤地搬來千百萬石頭，卻用來構築祭壇，構築金字塔。瑪雅金字塔比埃及金字塔小，用處也不同。埃及金字塔是帝王的陵墓，瑪雅金字塔則是大祭壇和慶功禮壇。瑪雅人把汗水乃至生命都貢獻給「神」，祭壇、廟宇很「壯麗」，而他們自己的居所卻很簡陋。有一個祭壇讓我們非常驚訝。壇面廣闊，但其前沿卻有五個長方形的石墳。導遊告訴我們，這是部落祭司（酋長）為了對神表達虔誠，親自殺了自己的五個兒子作為祭奠的祭品。祭奠前他不僅殺了兒子，而且還剖開兒子的胸膛，取出心臟，放在大祭壇左側的四方形的小祭台上。據說，祭奠時心臟還在跳着。聽了這一故事，我立即對志明兄說：你看，瑪雅人為了祭神，竟然把自己的精英送上斷頭台。《聖經》裏的亞伯拉罕也曾想殺子獻給上帝，但是仁慈的天父不忍信徒這麼做，他指示以「羊」代替「人」，這便是慈悲。而瑪雅部族的祭司，雖然虔誠，卻不免殘忍。當時我想：一個總是把自己的精英送上祭壇的民族，它怎能不滅亡呢？關於瑪雅文化滅亡的原因，眾說紛紜，但沒有人提到過度迷信的原因。人類經歷過中世紀的宗教黑暗，明白過度迷信會造成怎樣的災難。中國也經歷過文化大革命的個人迷信，知道為了向太陽神表示忠心，而把自己的被稱為「反動學術權威」的精英送上祭壇，會造成怎樣的浩劫。

觀看祭壇和聽了導遊講述祭奠的情景，澤厚兄也搖了頭對我說：把兒子當祭品，這不合情理。中華民族文明之所以不會滅亡，說到底，它還是比較合情理。澤厚兄從許多角度比較了中西文化的區別，提出兩者的幾道差異性命題，例如「一個世界與兩個世界」（中國文化只有現世、只有此岸、只有人的世界，西方則是人與神、此岸與彼岸、現世與來世並存的世界）、「樂感文化與罪感文化」、「天道文化與天主文化」、「誠文化與信文化」等，西方文化只講「合理」，中國文化除了講合理之外，還講「合情」，而且情是根本，是最後的實在。瑪雅文化只講合神和對神絕對崇拜的「理」，這種大偏頗怎能使民族生命長存長在呢？

因為「太陽神」主宰着瑪雅人，所以澤厚兄和我在洪都拉斯和貝里斯的兩處留有太陽神雕像的地方特別爬上山坡細細端詳了一番，這才發現神像不是一個，而是一組，有早晨的太陽，有正午的太陽，有黃昏的太陽，多元太陽象徵着崇拜者既接受興起，也接受滅亡，既接受沐浴，也接受煎熬；既接受生，也接受死。可惜，整組太陽並不完整，五個被偷走三個，只剩下兩個「真身」，其他三個都是贋品。這些盜賊小偷的膽子真大，他們竟然敢偷神。當我這樣誇獎小偷時，一位旅伴反駁說：他們哪裏是偷神，完全是偷物。他們把神像只當物品商品，可能是拿去賣錢，不會拿去供奉。太陽神並沒用幫助瑪雅人保住自己的家園和挽救民族的消亡，還信它幹甚麼？但神像確實雕塑得不錯，每座神喜怒哀樂的表情都相當生動。歷史學家早已稱讚過瑪雅文化中的建築藝術與雕塑藝術，小偷的眼睛也不差。

除了祭壇與太陽神之外，讓我和遊覽同伴印象最為深刻的還有在Cozumel Mexico遺址中見到的經歷過激烈戰爭的城邦廢墟。這一城邦的地理位置很好，一邊是大海，幾個堡壘幾乎是建在海岸邊的懸崖上。海水碧藍，天空碧藍，真真是海天一色，美極了。可是古戰場上除了殘垣斷壁之外，只有幾棵稀疏的樹木和在樹下緩緩爬着的蜥蜴，這種在沙漠裏也能存活的小動物，在旅客的腳下走來走去，顯然是在等待遊覽者扔下食物。瑪雅已非，蜥蜴還在，它們的祖輩大約見證過歷史的滄桑，看過瑪雅一千多個部落與城邦之間進行過怎樣慘烈的戰爭。瑪雅人好鬥，他們沒有統一的大帝國，沒有調節各城邦的政權力量。他們長期處於無政府狀態，但不自知，他們不明白「無政府」比「壞政府」還糟。他們可能比我國春秋時期的小國戰爭還激烈還殘酷，「春秋無義戰」，瑪雅也無義戰，他們熱中於攻打對方，熱中於抓獲戰俘以做自己的奴隸。不過瑪雅的士兵們一般都把戰俘交給自己的祭司，以作為祭神的祭品。瑪雅文化何以滅亡？有的說是因為外部勢力的入侵，有的說是氣候突變，有的說是瘟疫爆發，有的則說是內部的自相殘殺。上世紀八十年代的龐大考察團考察瑪雅遺址之後得出的結論，還是內部無休止的戰爭。瑪雅人好像沒有中國的「同胞」觀念，即無「本是同根生」的情感，因此殺戮起來，往往毀滅城市，掃蕩生靈，即進行斬草除根的屠城。瑪雅人不僅沒有統一的帝國，似乎也沒有統一的倫理系統，戰爭一旦失去最基本的倫理，例如不濫殺無辜，不濫殺婦女兒童，那就不僅會充滿血腥味，而且會充滿毀滅的末日氣息。

從墨西哥返回新奧爾良的途中，我和澤厚兄一面觀賞大海的洪波碧浪，一面又談論起人類幾大文明的沈浮興衰，思來想去，較來比去，覺得中華文明長存至今，自有一番堅實的理由。該珍惜還是要珍惜，那些平平常常早已讓我們熟視無睹的情感、理念和理性，那些合情理的書籍、文字和教誨，用今天的眼光重新審視是需要的，但不可輕易批倒罵倒。遊走了一部分瑪雅遺址，我們充滿對逝者的惋惜感，也升起了對在者的珍惜感。

（二〇一一年六月）

佛羅里達之遊二題

快樂園裏說快樂

此次到佛羅里達，還約了年輕的「老友」王強、碧麗夫婦到 Orlando 一起遊玩聊天。他們倆在紐約州立大學獲得碩士學位後，本來都在新澤西州擔任電腦工程師，可是，六年前王強被北京新東方英語學院聘請去擔任教授與副校長，現在變成東、西方兩岸分居。此次我們相見真不容易。王強從北京飛到美國探親，還來不及休息又從紐約飛向南方。因為碧麗是菲亞（我妻子）在福建連城一中任教時的學生，所以她到北京大學英語系「讀書加戀愛」時，常帶着「同學加戀人」王強到我們家，二十多年來一直像是我們的子弟。他們倆天真聰明，英語都極好，現在國內出了三大本《王強口語》還附上錄音帶，不知有多少人跟着學。除了英語好之外，王強還嗜書如命，是個典型的「書痴」。一九九七年他倆到科羅拉多州來看望我們，一起逛山中小城，他竟然在幾個破舊的古玩店裏買到三本絕版舊書，其中有一本《賭博史》，至今我還記得。看着他那種如痴如醉的樣子，我想起一九八八年他到美國訪問時得到四千美元全部買了英文書，分文不剩，也沒給碧麗買件像樣的禮物。我喜歡這種無論讀書、寫作還是做事都進入痴迷狀態的「狀態中人」，喜歡和他沒完沒了地聊天。他在英語書海中撿拾的珊瑚貝殼，恐怕少有人知道。前幾年香港明報出版社出我的散文精選本，我請他寫導讀，他一氣呵成，寫得既有文采又有思想。此次我們見面，他們給我一個驚喜，是帶來神童般的五歲小兒子王坦，當然早就知道他們有個聰明的孩子，但不知道如此聰明。我們遊覽海洋公園，他拿着地圖指指點點，隨時告訴我們此時在園中的哪一個景點，像是引路的小天使。不管走到哪個館他都會進入評論分析。現在他已寫了幾本英文日記，讀了真讓我羨慕不已。這小神童，不僅帶給我們遊玩的許多樂趣，還帶給我們許多培育孩子的話題。

王強告訴我，他已不再擔任新東方的副校長了，但還在新東方集團的教育研究所當所長，正在熱心辦學，既辦中學也辦小學，他說他們正在作教育實驗，他還給學校提出一個最簡單的教育方針是三個「H」，即 Happy（快樂）、Health（健康）、Helpful（樂於助人）。我一聽就叫好，連問「這也是給小王坦的教育方針吧？」他們小倆口同聲回答說：正是。於是我們討論了一陣教育。不是在辦公室裏討論，而是面對滿園的花樹奇石討論，真是有趣。

王強說「快樂」就是要讓孩子保持天真的天性，使他們從小熱愛生活，有了對生活的愛，自然就會積極地對待人生與事業。我補充說，「快樂」就是不要讓孩子太沈重，不要要求他們從小就當「共產主義接班人」，準備挑「革命重擔」，不要讓他們少年老成，喪失生命自然。王強說，「健康」是生理要求，又是心理要求。有強健的體魄才有精神，才有朝氣，才有一股勁，有健康的心理才能更熱愛大海、山脈、體育場。我補充說，「健康」包括身體的健康與靈魂的健康。兩者確實可以互動。身體強健可以產生屹立於天地之間的豪氣和對於未來的信心，強健者較少陷入小氣鬼與膽小鬼的行列。而靈魂的健康則不會產生嫉妒、仇恨、多疑、過分憂鬱等病態。中國的阿Q病，是靈魂病，但首先是身體委瑣病。長得不像人樣，往往會影響靈魂的直立。心地善良、正直而廣闊，自然也會使身體更強壯。王強說，「樂於助人」是道德的要求。有這條要求，孩子就不會自私。只要樂於助人的品質在心靈裏扎根，其他好品格都會生長出來。我補充說：對孩子的道德要求不必太高太多，太高太多而做不到就會作假，「作假」對人性的腐蝕最厲害。「樂於助人」的要求不高，卻是根本。從小就朝着「樂於助人」的心靈方向走，走出來的路絕對是正道。討論了「三個H」之後，我們又一起感慨了一番，覺得在生存競爭日趨尖銳的歷史場合中，從美國到中國，愈來愈注重培育「生存技能」，而不注重培育「生命品質」，其實生命品質才是教育的第一目的。快樂、健康、樂於助人就是為了塑造優秀人性，為了提高生命品質。人與人的差別，從根本上說，不是職業技能的差別，而是生命品質的差別。中國人有十幾個億，數量上世界第一，但是不知品質上居於第幾？說到這個話題，我們簡直又要感憤起來了。幸好碧麗說，瞧，小坦坦已經找到鯨魚表演的地方了。於是，在小神童的帶領下，我們趕緊往小山那邊跑，一邊笑，一邊叫。

深淺——一字論人生

在佛羅里達和王強談「三個H」（Happy，Health，Helpful）之後，又從「快樂」談到王國維。我說，王國維曾講過主觀之詩人閱世愈淺愈好，客觀之詩人閱世愈深愈好。所謂客觀之詩人恐怕是指現實主義作家，包括敘事詩人與小說家。王國維本身是個詩人，他閱世並不深，但想得深，學問也做得深，結果沒法接受在他眼中混濁的「亂世」，便投湖自殺了。過去我以為他被時代所拋棄，這倒是想得淺，如今覺得是他主動地把歷史從自己的生命中拋出去，這也許深些。聽我這番議論，王強說，撇開立場與是非，其實王國維這種人格是最漂亮的人格，他做人清淺，但做學問精深，思想更精深。這種人格如果推向社會，便是做人淺，做事深，也可說是做人單純，做事業則有雄才大略，好多事業天才都是這種人。我極欣賞他這種說法，並立即給他作注：在政治軍事領域中，像拿破崙可算是這種人，他喜歡歌德，上戰場還帶着《少年維特之煩惱》，始終有些天真浪漫，但在事業上則充滿雄心與智慧。在文學領域，俄國的那羣天之驕子，從普希金到契訶夫、托爾斯泰、陀思妥耶夫斯基，都是一些做人像孩子、做文章像大海的奇才，渾身都是詩意。王強補充說，儘管我們不太贊成尼采的許多觀念，尤其是超人的觀念，但他畢竟想得深，可是尼采做人卻很清淺，瘋瘋癲癲，性情極其率真，看到別人無端打馬，急得痛哭，也像個孩子。

談興很濃，我的思緒一下子駛向遠古，說起了《山海經》英雄的特點。倘若我們把女媧、精衛、夸父等當作神人合一的生命，那麼，這些英雄都極為簡單，根本沒有甚麼生死、榮辱、成敗觀念，但做的事業則深向最浩瀚的大海與天空，深向無邊的宇宙。中國的哲學家、思想家老子、莊子、慧能等，也都是做人清淺而學問、思想很深的天才。以老子為例，他在「圖書館」裏管書，出關時被迫著寫《道德經》，說「聖人皆孩兒」，呼喚人們要回歸「嬰兒狀態」，其實他自己就是一個老「孩兒」，就處於嬰兒狀態之中。他是一個「大智若愚」的典型，做人像個混沌傻子，一副憨態，作起《道德經》卻成熟得像智慧老神，其思想的觸角更是伸向歷史最深處和宇宙最深處。他的哲學奧妙，幾千年也說不盡，連海德格爾也佩服得五體投地。老子、王國維這種類型的天才真可愛，可惜這種人愈來愈稀少，相反的類型即城府很深、思想很淺的人卻愈來愈多。換種說法，是處世之道很深而悟世之道很淺的人正在掌握人間世界的命脈。

王強接着說，也許我們可以用「深、淺」二字為尺，把人羣分作四類：（一）做人清淺，做學問做事業博大精深；（二）做人很深，做學問做事業膚淺；（三）做人做事業做學問皆深；（四）做人做事業做學問皆淺。他說第一類最好，第二類最糟，第三類可畏，第四類可接近。

王強這一區分使我想得很多。我說，第四類其實就是多數的普通人，雖是平凡，卻沒有甚麼「深心」，也就是沒有甚麼心機、心術、心計，自然不可怕。魯迅說韋素園如清溪「淺而清」，比「爛泥的深淵」好，這種人多半可親，也有許多是可愛的。當然清淺不可變成淺薄的白痴、流氓、痞子。而第三類兩者皆深，確實可畏，甚至可怕。近現代中國的大人物，如毛澤東等，兩者都極深，都充滿深不可測的謀略策略。這類大才中，當然也有可敬的，但我寧可敬而遠之。當代一些著名中國學者，也常是兩項皆深，學問功夫深，但做人也很有功力，學術心術兼備，極為世故，對這種學人我總是難以衷心敬佩。以賽亞．柏林把學者分為狐狸型與刺猬型兩種。學問做得如狐狸那樣深藏不露，或許不錯，但做人像老狐狸，卻讓人討厭。當然，最可怕的是沒有文化情懷卻有深心巨謀的人，許多陰謀家、野心家、政客都屬於這類人。兩項皆深者，幹壞事還有文化造成的心理障礙，而沒有文化的機謀家、陰謀家們卻幹甚麼壞事都是天經地義，魚肉人民絕不心跳。上世紀六、七十年代，文化大革命打掉中國的文化情懷，卻留下無數心機計謀，結果使這類人遍佈神州大地。

以往大陸熱中於對人進行階級分類，這乃是一種權力操作。而我們的分類，則純屬紙上談兵，遊戲而已，為的只是勉勵自己保持天真與勤奮，做一個處世淺些、悟世深些的學人。沒有權力背景的清談，正是旅遊中的一大樂趣。

（選自《滄桑百感》）

二〇〇五年的浪迹

此刻是中秋節前夕，面對洛基山頂皎潔的圓月，我想起今年在東西方的漂流，兩萬里行程，兩萬里書頁，閱讀世界這部大書又有些心得，可是行色匆忙，竟然未寫下任何文字。趁《明報月刊》小彭兄催我作「十方小品」，應先記下一點時間、地點和心緒。

一月二十六日，我和妻子菲亞一起從丹佛出發，經芝加哥、法蘭克福飛往馬賽，觀賞了馬賽歌劇院上演的《八月雪》，參加了普羅旺斯大學舉辦的高行健國際學術研討會。看到我崇拜的禪宗六祖慧能走上西方主流藝術舞台，看到法國觀眾一再起立對他歡呼鼓掌，我為故國舉世無雙的自救性文化感到驕傲。會後，我到巴黎，又贏得幾天時間沈醉於盧浮宮和奧賽宮的大藝術裏，此次有行健兄作「導讀」（高行健的居所就在盧浮宮邊上），真是難得。他對西方藝術史如數家珍，聽了他的評點，我又有所「開竅」。經過一段休息，行健兄的精神好多了。他現在正醉心於水墨畫創作，去年他的二十五幅新畫參加了巴黎當代藝術博覽會的展出，被各國收藏家一搶而空，此時他又在為新加坡、德國、比利時的個人畫展做準備。他畫的不是色，而是空，其意境的空寂獨到使他在人才輩出的西方藝術界裏硬闖出一條路。

從巴黎出發，經里昂，我終於實現了期望很久的意大利之旅，終於見到了夢寐以求的佛羅倫斯和威尼斯，終於見到羅馬和梵蒂岡，終於見到直通無邊宇宙的米開朗基羅圓頂和他筆下的創世紀場景，終於見到拉斐爾的天才展廳和提香的《烏爾比諾的維納斯》，終於見到達·芬奇的《最後的晚餐》（存於米蘭）。不知該怎樣表達自己的感受。永恆，光芒萬丈，天地大圓融，每一樣藝術奇迹都足以讓自己回味一生。我慶幸能在這裏和偉大的靈魂相逢，並領悟到偉大的藝術創造是需要信仰支援的，或對神的信仰，或對美的信仰。在佛羅倫斯，我特別對這一文藝復興的誕生地深深鞠了一躬，感謝這座羣星燦爛的城市為全人類的解放（包括肉的解放與靈的解放）所作的驚天動地的呼喚與啟蒙。

此次意大利之旅我還到了比薩、戛納、維羅納。莎士比亞筆下最著名的情聖茱麗葉與羅密歐的故事就發生在維羅納，在茱麗葉的故居，在羅密歐求愛的那座小閣樓牆上，貼滿了旅行者兼有情人的無數字條與詩句。茱麗葉銅像隆起的胸脯，被千百萬多情的手指撫摸得閃閃發亮。意大利境內和邊界上的小國除了梵蒂岡之外，還有摩納哥和聖馬利諾，我們當然不能放過。一是賭國，一是山國，前者豪華，後者簡樸，但都有小國寡民文化的特別風情。

從歐洲回到美國兩星期，就直奔我在香港的精神之所——香港城市大學中國文化中心。培凱兄知道我勤於思、惰於行（教學），只安排了六次講座，使我贏得更多時間從事研究和校外學術講演。於是，國內我漂流到廣州、深圳、中山，國外竟漂到日本的愛知大學（名古屋）、佛教大學（京都）。在韶開南華寺見到了菩提樹（世上僅存三棵）和慧能「真身」，在寺中暢飲了兩杯清澈的泉水，真聞到一股靈魂的芳香（也許是禪味的芳香），這香味，至今還常在我夢中繚繞。日本京都是佛教重地，全城有三千座寺廟，有許多禪宗「藏龍卧虎」者，其中的柳田聖山就是最著名的禪學大師。我在佛教大學演講「從卡夫卡到高行健」（在廣州中山大學也講此題目），涉及到對禪的基本定義，膽子真的不小。演講之前，受到京都漢學界竹內實、阪井東洋男、狹間直樹、原田敬一、荻野備二等精英們的歡迎，演講之後又在吉田富夫、李冬木教授的陪同下參觀了比叡山、南山、金閣寺等處，並與高台寺的掌門禪師寺前淨因作了一番對話，享受了靈魂共振的快樂。這次到日本是應愛知大學國際中國學研究中心主任加加美光行教授所邀，一到那裏，第二天就與著名漢學家溝口雄三作了一番「商榷」，溝口先生對中國文化極為尊重，可是他的以中國鏡子代替歐洲鏡子的「亞洲表述」和「近代概念」卻未必精當。在此中心裏，我作了平生時間最長的演講，連翻譯討論長達五個半小時，題目是「中國尚文的歷史傳統」，與四月間在香港首屆兩岸論壇上講的主題一樣，但在日本我作了充分表述：最壞的和平時期也比最好的戰爭時期強得多，在戰爭中人沒有尊嚴，任何生命都可能隨時化為碎片與灰燼。

從香港返回美國，先是飛到華盛頓看望剛分娩的劍梅，之後又飛回丹佛。一到丹佛就搬家，從 Lafaynttte 搬到 Boulder，大漂流後又作此小漂流。下個月將飛往台灣中央大學，小漂流後又要作大漂流，看來時而在東方望月，時而在西方望月，作無立足境的流浪漢，真的是我的宿命。

（選自《遠遊歲月》）

柏林博物館

歐洲遊思

閱讀歐洲七國

從十月二十二日至十一月七日，我和菲亞、林崗、劉蓮到中歐的德國、奧地利、瑞士和東歐的捷克、斯洛伐克、匈牙利遊覽。我們從丹佛出發，飛往法蘭克福再轉向紐倫堡。在紐城開完會後又回到法蘭克福，然後乘大巴周遊六國。

我很喜歡歐洲，九十年代初我到瑞典「客座」時先就飽覽了丹麥、挪威等北歐諸國，之後則先後走訪了西歐法國、英國、意大利、西班牙等國，這回補了中歐、東歐的課，下回再到南歐一趟，就讀完歐洲這一課了。

歐洲的每一個國家，每一座城池甚至每一座大廈都有故事。文明積澱了數千年，每個地方都經歷過許多戰火的洗劫，都有一部悲喜歌哭的滄桑史。且不說史迹，就說大自然，那也夠迷人的，這裏沒有沙漠、沒有荒原，即使是窮國，但那一片永不凋零的山光水色也很讓人眷戀。美國也很美，可惜缺少歷史。不僅高樓大廈沒有故事，甚至許多城市也沒有故事。正因為歐洲各國有滄桑、有歷史，所以需要閱讀。有閱讀才有心得，光是照相機似的留影和作些記錄，也會有「眼福」，但沒有心得。我把自己的「遊記」稱作「遊思」，便是因為遊記中不僅有觀感，而且還有閱讀的聯想與思索。下邊是我在旅行途中寫下的「心得」。

閱讀德國

這是第二次到德國，第一次是一九九二年應著名漢學家馬漢茂教授（已故）的邀請到魯爾大學作學術演講。因時間太短僅到大學所在城市科隆遊覽了兩天。那一次最讓我高興的是見到從未相逢的萊茵河和大詩人海涅的故居，還有建設了好多世紀才完成的雄偉的科隆大教堂。此次到德國，則是受紐倫堡愛爾蘭根國際人文中心主任朗宓榭教授的邀請，前去參加高行健國際學術討論會。與會者有來自亞洲、澳洲、美洲等處的三十多位學者，加上歐洲和德國本地的學者，會場上的「人氣」很旺。這年秋天，歐洲的秋色仍然十分迷人，只可惜經濟危機的陰影覆蓋着歐洲大陸，讓人感到時代的蕭索。在這種情境下，德國的教育部還能資助召開這麼一個大型的作家研討會，實在不簡單。在歐盟的十幾個成員國中，德國幾乎可謂「一枝獨秀」，強過英國、意大利、西班牙等自不必說，它甚至也強於法國。我多次到法國，覺得那裏的工人階級仿佛已經消失，社會上只有旅遊業、服務業、高科技等部門，所有的日常用品幾乎都是「中國製造」或其他第三世界的國家所製造。連電燈泡也是中國製造。我和法國朋友開玩笑，「你們的光明來自東方」。其實，意大利、英國也是如此。據說英國的軍裝有一部分也是出自中國工人階級之手。與歐盟諸國相比，德國倒是保留了許多傳統的工廠和製造業，工人階級尚未消失。

愛爾蘭根大學的所在地是舉世聞名的紐倫堡。這個城市既是納粹的搖籃，又是納粹的墳墓。納粹從這裏興起，又在這裏接受歷史的審判。凡有歷史常識的人都知道它的名字。一九三五年九月十五日，希特勒在紐倫堡的文化協會大廳召開會議，通過了三個反猶太人的法律：《帝國旗幟法》、《帝國公民法》和《保護德國血統及德國榮譽法》。第二個「法」規定只有雅利安血統的人才有充分公民權，同時剝奪了猶太人的德國公民籍；第三個「法」則嚴禁德國人與猶太人通婚。這之後，紐倫堡政權還陸續公佈了十三項補充法案，進一步剝奪了猶太人的新聞自由、娛樂自由和教育自由等，把猶太人打入賤民階層。可以說，德國通向奧斯維辛的屠殺六百萬猶太人的血腥之路，就從這裏出發。這是人類最黑暗、最可恥的種族滅絕的死亡之路。我們在大學校園裏開了四天會，還贏得許多時間與德國的朋友談論歷史。所有的德國朋友都對納粹的暴行感到恥辱。

一九七一年十二月七日西德總理勃蘭特在華沙猶太隔離區起義紀念碑前下跪，這一行為語言典型地表明德國人具有真誠的懺悔意識。所謂懺悔意識，就是確認二戰時期對猶太人的屠殺行為乃是德國整個集體的「共同犯罪」，是集體製造了一個巨大的歷史錯誤和歷史罪行，每個德國人都負有一份責任。不僅是納粹頭子負有責任，普通老百姓也負有責任。這種意識是對良知責任的體認。二戰後的德國知識分子和德國人能夠真誠地下跪體認，這是德國真正的新生。在第二次世界大戰中，西方與東方都經歷了大災難，都經歷巨大的死亡體驗，但戰後的德國人和日本人表現不同，直到今天，日本的政客還在年年參拜他們的靖國神社。他們只想向屠殺中國人的「戰神」下跪，絕不向南京萬人坑裏的中國亡靈下跪。東西方兩種行為語言表明：德國戰後確實砍斷了戰爭的尾巴，而日本人還保留着，甚至還翹得高高。

在紐倫堡與德國朋友的交談，總是很高興，也才明白他們何以具有如此清明的懺悔意識。他們說，納粹的頭子希特勒能登上「總理」寶座，是大家即當時的德國民眾用選票把他選上的。納粹黨的名稱多麼好聽：「國家社會主義工人党」：又是「國家」，又是「社會主義」，又是「工人階級」，結果民眾被迷惑了。他們用最熱烈的掌聲、最瘋狂的吶喊和手中的「民主選票」把一個暴君擁上歷史舞台。今天，德國新一代不能忘記這一歷史教訓，不能忘記民族主義和民粹主義的狂熱導致了罪大惡極的法西斯主義。

也許是受德國朋友的感染，我到柏林顧不得去逛大街和博物館、藝術館，先去觀看郊外的「集中營」。這個集中營規模比不上奧斯維辛集中營，也沒有奧斯維辛那麼多嚇人聽聞的血腥故事，但畢竟可以再看一遍集中營的刑具、膚髮、機槍和納粹們如狼似虎的圖片以及只剩下一張人皮的猶太人的照片。人類是不可以喪失納粹集中營的記憶的。喪失，就意味着墮落。倘若集體遺忘，那便是集體墮落。

觀看了集中營之後，我們才放心地好好地看了看柏林市，看看發生過著名縱火案的帝國大廈，看看勃蘭登堡門和門前的歷史性大街，看看讓人想起種族滅絕的猶太紀念碑林，看看讓德國實現統一的「鐵血宰相」俾斯麥的雕塑，看看馬克思和恩格斯銅像，看看愛因斯坦曾經在那裏教過書的洪堡大學，看看海森噴泉和柏林大教堂，看看聞名於世的博物館島和島上的老館與新館。這之間還到波斯坦看看波斯坦風車和無憂宮。奔走了整整四天，才明白柏林不是紐約，不是洛杉磯，不是羅馬，不是巴黎，不是東京，不是上海，不是香港，它沒有成羣的摩天大樓，沒有恐龍似的現代大建築。它仿佛是無數小鎮組合成的城邦。它寬廣而不密集，博大而無險峻，在城市遊走沒有高樓的壓迫感，反而有鄉間的輕鬆感。我喜歡這種現代城市，只是困惑於三、四十年代它怎麼成了那個名叫希特勒的巨大野心家的跳樑舞台。第三帝國的中心就在這裏嗎？帝國的無數咆哮，瘋子的一個接一個的殺人指令就從這裏發出的嗎？把千百萬人類的仇恨烈火煽動起來、然後投入血海腥風的司令部就在這裏嗎？讓全人類在二十世紀上半葉經歷了兩次世界大戰，經受了兩次死亡大體驗的策源地就是那一座大廈、那一道城門和那一角落裏的地下室嗎？柏林呵柏林，柏林中心地帶的每一座建築都有一番故事，我在這裏閱讀柏林這部書，是在閱讀野心史，陰謀史，戰爭史，血腥史，分裂史，統一史。除了這些「史」之外，還閱讀了苦難史，猶太人的苦難史。此次柏林之旅，給我留下最深印象的是「猶太博物館」和「大屠殺紀念碑」，尤其是後者。這不是一座碑，而是由二千七百一十一塊水泥石碑組合成的巨大碑羣。兩千多塊石碑，每一塊都有 0.95 米厚和 2.38 米高，全鑲嵌在高矮不平的路面上。這是了不起的曠世傑作：了不起的思想，了不起的規模，了不起的建築。一看就讓人驚心動魄，就想起猶太人被屠殺的歷史大慘案。在觀看瞬間，我本能浮起的意念是：這些石碑是六百萬猶太人的鮮血凝成的；這些碑石每一塊都在見證人類的恥辱；這些石碑是德國經歷了戰火的洗劫而留下的良心。因為這不是猶太人建造的，而是德國人建造的。一九九九年德國議會通過決議，決定建造全名為「歐洲被害猶太人紀念碑羣」這一歷史性紀念場。除了紀念碑之外，這裏還有一個地下「資訊廳」，將近八百平方米的展廳裏展示着猶太人苦難的命運。德國人在自己的國土、自己的都城裏建設猶太人被屠殺的紀念碑和他們造成猶太人苦難的紀念廳，用兩千多塊堅硬的石碑告訴世界：他們犯下的歷史罪惡是鐵鑄的事實，是不容抹殺、不容忘卻的事實，必須永遠面對這一事實。惟有面對，才不愧是產生過歌德、康德、貝多芬、愛因斯坦的故鄉，惟有面對，德國才能重新贏得國家的榮譽和世界的信賴。

在柏林遊覽了四五天之後，我覺得應當在這裏居住一個月、兩個月甚至一年，應當讀讀這裏的每一座著名大廈，每一條著名的街道，每一尊不尋常的雕塑。這才是歷史，活的歷史，真的歷史，讓每個人都要想到「責任」的歷史。時間太短了，最後只能選擇去看看分裂為東德和西德的那個時代的歷史痕迹了。去看看柏林牆，「不到長城非好漢」，不看看柏林牆，能算到過柏林嗎？

劉蓮看了柏林牆非常興奮，立即在牆上寫下「奔向自由」四個字。柏林牆早已拆除了，留下讓人觀賞的只剩下大約百米長的牆壁上，被藝術家與旅客塗上的各種圖案與文字，小女兒這四個字像四點小水滴匯入大海，恐怕沒有人會認真去讀一讀，但它反映了人類嚮往自由的天性。如同人類生來就具有愛美的天性一樣，愛自由也是一種天性。愛美與愛自由的天性是任何概念、任何學說、任何力量都阻擋不了的。所以，我瞥了一眼柏林牆就升起一個普通的但又是惟一可用的詞彙：愚蠢！建築圍牆的當權派多麼愚蠢！他們想用一堵圍牆堵住千百萬自然與自由的心思，想堵住德國人相親相聚的潮流，這只是一種妄念。如果築牆者聰明，他們應當給圍牆內的人民多一點自由與幸福。自由、幸福等要素才能構成溫馨的磁場，才能讓人熱愛所在地的生活而不去做「突圍」的冒險。二戰後，德國分裂成兩半，這是上帝對德國的懲罰。分裂四十年後，圍牆倒下，德國又贏得統一，這是歷史給予德國的一種新的期待。是期待「強大」嗎？是期待「第四帝國」的興起嗎？不是，傷痕累累的歷史所期待的是不要繼續東西對峙，是不要再發生戰爭，是不要讓人類再做大規模的死亡體驗。

閱讀瑞士

這是很美的國家，到過瑞士的人恐怕都會有這種質樸的、直觀的認識。在通往蘇黎世的公路上，我觀賞公路兩邊的山坡，這是阿爾卑斯山的山坡。山坡上有許多小屋，小屋周邊的草坪之青翠和齊整，讓人難以相信這是真的。「為甚麼能修整得如此齊整？」我問。導遊說：瑞士的鄉村有許多羊。羊除了可以用來擠奶之外，還可以租來吃草。羊是天生的草地「理髮師」，它會把草地「吃」得整整齊齊。不到瑞士，真想不到羊還有這種本事，經它們的修剪，方知我們偉大的祖先發明「綠草如茵」一詞，真是恰切極了。

瑞士是個最封閉的國家，又是最開放的國家。它很封閉，自我保護意識特別強。它的車輛、門窗、衣帽，甚至釘子與螺絲，都有自己特別的標準與型號，別的國家的同類用具很難取代。十九世紀之前的瑞士，只能給他國提供衞士。一七八九年法國大革命爆發時，護衛着路易十六的衞士與雇傭兵，共有四萬人，他們都很勇敢，為國王而戰死的官兵很多。路過琉森（Lucerne）的時候，我們特別去觀賞一座雕塑在大石壁上的睡獅像，那便是紀念這些衞士的紀念碑。瑞士人至今仍然崇敬這些失敗但盡了天職的子弟。

經歷中世紀和中世紀之後三四個世紀的貧窮之後，到了十九世紀瑞士開始發展了。這個世界上最小的聯邦國家（美國是最大的聯邦國家），出現了一羣很有智慧的精英，他們覺得自己的國家不可再安於貧窮，必須趕快崛起。精英們沒有時間爭論意識形態的問題，只是用全付心力尋找崛起的途徑，經過尋找與思索，他們決定狠狠抓住「銀行」、「鐘錶」、「鋼鐵」、「保險」四個大環節，思維格外明晰，目標極其明確，認定了就稍稍發展，「無情」發展。果然卓有成效，瑞士在二十世紀終於成了世界的金融中心、鐘錶中心、保險業中心。它的銀行集中了人世間多少錢財，沒有人能算得清，說得清。它的鐘錶舉世無雙，卻是人人知道。至於它的保險業擁有多大的氣魄，恐怕也不是常人所能了解。驚動世界的炸毀紐約世貿大樓的「九一一事件」發生後，人們才知道瑞士的保險公司要付天文數字的賠償金。這個國家現在已變成歐洲和世界上最富有的國家，是個人平均工資最高的國家。也只有踏上這片土地，才知道這個國家又是人間最聰明的國家，它嚴守中立，連歐盟也不參加，絕對不介入人類最殘暴又是最愚蠢的行為，即戰爭行為。不參與戰爭，這是至高原則。在此大原則之外，它還守住一般國家難以守住的一種絕對原則，即絕對保護個人隱私的原則，保護財富秘密的原則。據說，直到今天，德國納粹存入瑞士銀行的賬目都無法「開掘」出來。瑞士的聰明腦袋知道，誠信是最根本的商業原則，也是國家的生命密碼。因為可信，資本才選擇它作為棲所；因為可靠，它才富有。

閱讀捷克

布拉格美極了。早就聽說，布拉格和羅馬、巴黎是歐洲最美的城市，如今一見，方知名不虛傳。無論是從維榭赫拉德看伏爾塔瓦河的水色，還是從萊特那看布拉格的橋樑景觀，還是在聖瓦斯拉夫王子的騎士雕像下觀賞瓦斯拉夫廣場的夜幕，都讓人讚歎不已。尤其讓我驚訝的是竟有這麼多這麼美的教堂、禮拜堂和修道院。從十三世紀開始，僅老城區就興建了近三十座。這些教堂有的是巴洛克式建築，有的是哥特式建築，每座建築都是高級藝術品。可惜對於多數教堂，我們只能瞻仰其外觀，惟一能進去觀賞的只有聖維特大教堂。這一教堂是布拉格主教的都市教堂，又是歷代君王加冕和埋葬的所在地。離大教堂不遠是著名的老城市政廳牆上的天文鐘，我們在密集的人羣裏硬擠上一個站立的位置，傾聽它在下午五時整發出準確而洪亮的聲音。我覺得這是來自天上的上帝的聲音，趕快對對自己的手錶。這一天文鐘聞名全世界，它早在一四七五年就由尼古拉斯．則．卡達涅製成，到了一八六四年又由約瑟夫．馬耐斯補充製作成天文鐘日曆盤。

一九九二至九三年，我在斯德哥爾摩大學「客座」期間已到過北歐和西歐許多國家，此次到德國開會，決心借此機會來捷克、匈牙利等前社會主義國家看看。由於個人經歷的人文背景中積澱過東歐諸國的現代興亡史，所以對這些地方特別感興趣。布拉格，布拉格，我不僅買了印有布拉格景色的幾十張明信片，而且帶來了以布拉格為封面的三本二〇一二年年曆。

從歐洲返回美國之後，我仍然一直念念不忘布拉格，覺得此次的捷克之旅很有收穫，不僅飽覽了歐洲的城市建築之美，而且明白了為甚麼捷克在五、六十年代總是動盪不安，為甚麼會出現「布拉格之春」和哈威爾思想？這些問題求諸於書本恐怕找不到讓自己滿意的答案，只能自己去看看，一看便知道，一個具有如此深厚的宗教文化的國家，一片被大教堂的雄偉與肅穆熏陶過長久歲月的土地，是很難接受無神論文化尤其是很難接受徹底唯物主義文化的。列寧和史達林的思想可以在短暫的歷史瞬間中取得統治地位，但很難在這座城市和這個國度的人民心中扎根。固有的文化太深厚了，新的文化很難在深層結構中取得勝利。上帝、聖母瑪利亞、基督、聖徒聖保羅等的名字一代代地在捷克傳頌，這裏的孩子剛剛誕生就受到洗禮，信仰進入了他們的基因，進入他們的細胞，進入他們的靈魂深處，甚麼風暴都無法把它捲走。槍炮在他們面前顯得毫無力量。我國哲學家老子早就道破「以至柔克至剛」的真理，面對佈滿布拉格的輝煌的教堂羣，我更加深信這一真理。

除了想到捷克深厚的文化積累之外，我還想到，捷克畢竟是個歐洲國家，它位於歐洲中心，受西方文化的影響遠遠重於受東方文化的影響。它的存在方式是歐洲方式，因此即使它建立了蘇維埃式的政權，其政治方式也很難展示史達林式的鋼鐵般的極端與強悍。它不可能產生中國式的文化大革命，也不可能興建牛棚與古拉格羣島。它注定要在東西方兩大陣營中彷徨與徘徊。

閱讀斯洛伐克

遊覽了布拉格之後，我們便乘坐大巴士前往斯洛伐克的首都布拉提斯瓦（Bratislava）。行程三百三十公里，驅車六個小時。

斯洛伐克與捷克本是一個國家，一九九三年和平分離了。分離時按人口公平分配了國家財富，如同兩兄弟分家，其間的細節我們無從知道。當時的總統是著名的自由知識分子兼藝術家哈威爾，他讓公民投票來決定「分」與「合」，在此重大歷史關頭，他的基本指導思想是「人權大於主權」，這等於說，個人尊嚴大於國家尊嚴。國家分化了，國家沒面子，但是有益於每個公民的意志與生活，就只能服從人民的選擇。他的思想避免了捷克為了「統一」而戰爭，避免了相互殘殺的災難。但是，他的這一思想原則對於某些國家來說是不可思議也絕對不能接受的。南斯拉夫分裂時引發了戰爭，戰爭之後還是分裂，但捷克與斯洛伐克沒有戰爭，所以叫做「和平分離」。中國家庭中的兄弟分離，難免要大吵大鬧，但捷克兩兄弟的分離不僅不動干戈，而且也沒有大吵大鬧，不簡單。但對於中國，這是永遠無法接受的。

在奔赴布拉提斯瓦的途中，導遊介紹說，斯洛伐克人口不多，但布拉提斯瓦保持着完整的宮廷和許多古迹的風貌。而且，這個城市的姑娘是歐洲最美的姑娘，大家可注意欣賞一下。我們到達布城時已接近黃昏，住宿的旅館的斜對面是德國使館，使館背後是小廣場和商業區。吃了晚飯後，我和菲亞、林崗、小蓮一起去逛一會兒夜晚的街市，看了看導遊特別提醒的一處「古迹」：莫札特曾經住宿過幾個晚上的旅館。商店幾乎全都關了門，逛了將近一個小時，只見到三四個人。因太乏味，菲亞與小蓮先回旅館休息了。我和林崗則走到多瑙河邊，觀賞一下河流的夜色與停泊在岸邊的中型遊輪，遠遠可以看到，遊輪上的旅客正在享受晚餐。我們在河邊散步了大約一個小時，看到岸上每隔十米就有一張長長的靠背椅，可供遊客坐下欣賞大河的碧波。在燈光下，仔細看看才發現，這是台灣贈送給這個國家的禮物。不管怎樣，能在多瑙河邊上，能在如此寂靜的夜間，看到自己祖先創造的刻在異國花園椅子上的方塊字，心裏總是泛起幾絲驚喜。遺憾的是像夜遊神一樣在大河岸邊遊走了好久，竟沒有遇上任何人，更不用說歐洲最美的姑娘了。說實在話，那個時候，我真想能遇到一位，這種念頭絕對「思無邪」，絕對是好奇心。倘若遇上也只會止於審美，甚至是止於一瞥。

坐在「中華民國」贈送的長椅上，面對閃閃爍爍的燈光和天空中稀疏的星星，我和林崗沒有聊天，只是獨自在想像分離前後的捷克斯洛伐克，才一千多萬人，國家已經很小了，為甚麼斯洛伐克的人民還那麼積極地要與捷克分離，寧可把首都放到這麼一個遠離繁華的小城？難道分離就為了這麼一份孤寂，這麼一種寧靜嗎？想了想，覺得是這樣。不錯，一定是斯洛伐克質樸的人民，天生就喜歡這種處於世界邊緣的寧靜。寧靜便是和平，便是自在。我國兩千多年前的哲學家老子嚮往「小國寡民」的生活，歸根結蒂，不也是為了寧靜，為了遠離喧囂，遠離爭奪，遠離那些流血的戰亂嗎？斯洛伐克人民是質樸的，他們不做大國夢，不做強國夢，更不做霸國夢。只求按照自己的意願做好每天的工作，過好每天的日子，在安寧中求得一種自由，這不也是一種價值嗎？可惜行色過於匆忙，無法與斯洛伐克人民深入交談，只能自己在河邊冥想與猜想。

閱讀奧地利

十一月三日，又見到維也納。這是我第二次來到維也納。和上一次一樣（二〇〇〇年），一進入維也納，就想到音樂，就聽到施特勞斯的《藍色多瑙河》。上一回因為是開會，沒有個人行動的自由，這一回，我一定要到莫札特的故居去看看。我的好奇心還是跳動着，磅礴着。第二次來訪奧地利，就是要用尚未衰亡的好奇的眼睛來看看從這片土地上生長出來的天才。上一回只能在維也納莫札特的雕像下留個影。這一回一定要到他的故鄉薩爾茲堡去拜謁他的故居，他的紀念館。

十一月四日，一到薩爾茲堡。我就和林崗、菲亞、小蓮直奔莫札特的故居，現在的莫札特紀念館每張入門票七歐元，哪怕是七十歐元，我也會進去看看。莫札特的童年、少年時代，還有一部分青年時代，就在這座房子裏度過。在這裏整整二十六年。展館不大，遺物也不多，他死得太早，生命期太短，幸而，展館裏還留着他的一些手迹和用過的鋼琴。我在手迹前呆看着，覺得眼前這些符號、這些歌譜太神奇，他竟然是人間最美妙的歌音。有一個玻璃櫃裏珍藏着一小撮他的頭髮。莫札特在維也納時窮困潦倒，死後連葬身之地都不知道在甚麼地方，幸而還有這幾絲頭髮證明天才活着的時候和凡人一樣。最讓我激動不已的是另一個玻璃專櫃所藏的一枚戒指。這是他的「魔戒」嗎？莫札特八歲時就創作了第一支交響樂，十歲則創作了第一部歌劇。而在十四至十六歲之間，他的三部歌劇就在米蘭上演。這之前，他還在日耳曼十幾個小邦的首府和維也納、巴黎、倫敦等地巡迴演出，轟動歐洲，震驚了無數聽眾。有些聽眾聽了演奏後難以置信，以為他手上戴的戒指是「魔戒」，竟想奪下他的「魔戒」。他只活了三十五年，但他獻給人類世界二十二部歌劇，四十九部交響樂，二十九首鋼琴協奏曲，六十七首合唱曲、咏歎調和獨唱歌曲，共完成七百五十四件作品。這樣的天才難以解釋，難怪人們會想到可能是神魔的操作。

拜謁了天才的故居之後，才知道天才準確的搖籃地是葛特萊德街九號，其誕辰是一七五六年一月二十七日，其全名為沃夫岡．阿馬迪斯．莫札特。英文為 Wolfgang Amadeus Mozart。他的父親擔任過大教堂的樂隊指揮，租貸了此處第三層樓為住所。

參觀了莫札特故居後只剩下一個小時的時間，我們立刻跑到小山坡去看一眼利奧波德克隆 Leopoldskron 宮殿和 Mondsee 教堂。前者是《音樂之聲》的女主角 Maria 與男爵喬治一起跳舞的地方，後者是他們的結婚禮堂。還有一個名叫 Nonnberg（儂柏格）的教堂，是 Maria 當修女的地方，我們已經無暇觀賞了。

我一直把城市劃分為有靈魂的城市和沒有靈魂的城市。薩爾茲堡雖小，人口只有十幾萬人，屬於奧地利西部小城，但它絕對擁有靈魂，這靈魂便是音樂。

閱讀匈牙利

一到布達佩斯，我們就走上漁人島，然後在那裏俯瞰全城的風貌。美極了！我們幾乎不約而同喊出聲來。藍色的多瑙河如此寬闊，如此平靜，她抱着「布達」與「佩斯」，不是把兩城分開，而是把兩城合為一璧，構成一種既古典又現代、既豪華又古樸、既有高樓鐘鼎又有山光水色的錯落有致的城市。「比布拉格還美！」小蓮感歎說。我回應說：布拉格更像羅馬，布達佩斯更像巴黎。巴黎城中的大河是塞納河，布達佩斯城中的大河是多瑙河。大河使現代大都市得到一片喘息的空間，它不僅有觀賞價值，而且有緩衝、平衡價值。今年我走過首爾、廣州、深圳、成都等城市，都覺得這些地方全都「過度城市化」，高樓大廈過於密集，無論從哪個視角看，都有壓迫感。不像在漁人島看布達佩斯，愈看愈輕鬆，愈看愈舒暢。

經導遊介紹，才知道多瑙河竟有三十公里的河段位於布達佩斯區域。通過船隻，它可以聯繫八個國家。中國天才的祖先發明了「四通八達」這個詞，用在這裏倒是極為恰切。仔細觀覽一下，可以看到布達佩斯最重要、最美麗的建築都立於多瑙河的兩岸，這才讓我們明白，多瑙河乃是布達佩斯的生命河，生命線。保護住這條大河的清潔、乾淨、流暢，就是保衛住匈牙利這個國家的血脈。第二次世界大戰時，人類世界中的敗類，竟然忍心在這個地方投下炸彈、炮彈，竟然炸毀了城堡區一百七十座建築物中的一百六十六座，只遺下四座倖存。但是有這條生命河與母親河在，匈牙利人民不屈不撓地進行重建，終於恢復了城市的風貌。面對如此美景，我心裏不停地詛咒戰爭。殘酷的戰火，貪婪的爭奪，居然使一部分人類喪失「不忍之心」，使人在埋葬「美」的時候，沒有心理障礙。敢在布達佩斯投下炸彈的傢伙，肯定是人類的渣滓。

在一個大城市中感受不到喧囂、浮躁與雜亂，這已經夠愉快了。沒想到，導遊還在晚上安排我們去喝匈牙利的鄉村啤酒和觀看鄉村舞蹈。我本不喝酒，但經不住醇正香味的誘惑，還是喝了兩大杯。而台上的舞者又特別純樸，她們走到台下邀請客人跳舞，我婉辭後林崗和小蓮均盛情難卻，走到台上跳了好幾圈。我問穿着匈牙利民族服裝的服務員：二十年前也有這種啤酒店這種氛圍嗎？他回答說：有。匈牙利畢竟是歐洲國家，有自由傳統，即便是牆上掛着列寧像的時代，這裏還是不同於東方的國度，還是照樣生活。服務員這番話，真有文化，它讓我想起白天看到的自由女神像和自由橋以及裴多菲「生命誠可貴，愛情價更高，若為自由故，兩者皆可拋」的詩句。匈牙利既有宗教文化底蘊，又有歐洲自由文化底蘊，所以它不僅外部很美，內裏也很美。晚餐中吃到它的鵝肝，覺得它的味道絕不遜於巴黎。

閱讀列支敦士登

在從奥地利奔向瑞士的途中，我們意外地增加了一個遊覽國，這就是列支敦士登。可惜只能在路經的途中觀賞。幸而車子開得特別慢，可讓我們一瞥又一瞥。

列支敦士登雖小，但我對它卻有濃厚的興趣，這也許是因為好奇心不死，總是想知道這個面積只有一百六十平方公里、人口只有三萬四千多人的小國有着怎樣的存在方式。導遊在路過的二十幾分鐘裏如數家珍地介紹它，我則一字不漏地記在心裏。邊聽邊看，邊看邊聽，進入瑞士國土時，我終於明白：這個袖珍小國乃是躲藏的天堂。

天堂躲藏在山水之間。山是阿爾卑斯山，水是萊茵河。難怪列國的國歌就叫做《在年輕的萊茵河上》。從車上看到清澈的萊茵河水蜿蜒北上，看到河邊的如茵綠草和各色鮮花，再看看靜謐的遠山，真覺得置身世外。大巴行駛了二十分鐘，竟看不到紅綠燈，也看不到任何警察與崗哨。讓我感到驚喜的是居然看到一對男女在河邊散步，男的帶着細毛呢帽，穿着短上衣和緊身褲，女的穿着深深皺格的連衣裙也帶着帽子。我想，這正是列支敦士登典型的民族服裝。

儘管在中學的地理課裏就知道「列支敦士登」這個國名，也知道它的首都叫做「瓦都茲」，並知道它是一個德語國家，天主教國家，在瑞士與奧地利夾縫中生存的雙重內陸國家，但不知道它是人均 GDP 五萬美元以上的、名列世界第一的富裕國家。感謝導遊告訴我們這一點，他比中學地理老師知道得更多，他說，因為均富水平太高，所以幾乎沒有小偷和盜賊，也沒有流氓，犯罪率幾乎等於零。這就是說，這個小國家的居民擁有最高的安全感。每個星期日，整個國家都充滿節日氣氛。男男女女穿着節日的盛裝，捧着鮮花，或上教堂，或拜聖地，或與鄰人相聚喝酒唱歌跳舞。他們尤其酷愛音樂，每個鄉村都有自己的小型管弦樂團或管弦樂隊。他們的娛樂雖屬古老方式，但也不缺少「浪漫」，據說，寂寞的男子有時也會在自己的門邊或窗戶裏插上一朵「紅玫瑰」，表示家中的主婦此刻不在，歡迎女士們來訪。倘若插上別的顏色的異樣花朵，則表示現在謝絕來訪。這是在車上與別的乘客交談時得到的趣聞，未經考證，讀者姑且聽之。

我最感興趣的是這個國家有教育嗎？有大學有中學有小學嗎？導遊答道：有中學、小學而且平均教育水平很高。小學五年全是義務教育，為了讓孩子身心健康愉快，小學期間完全沒有分數評比制度，這實在是非常高明的教育方針。兒童時代能夠養成好的學習興趣就好了，幹嘛要給孩子那麼多壓力。別小看這個小國，它也有大智慧哩。小學畢業後便自動晉級到中學，第一年學德語，第二年學法文，第三年學英語。這又是很聰明的安排，小國不能把自己困死，只有掌握多種語言才能贏得廣闊天地。學外語之外自然也學數學、物理、生物、歷史等課程。中學十年畢業前必須接受畢業考，及格者方可轉入瑞士、奧地利或德國的大學。列支敦士登境內沒有綜合性大學，但有專業工程大學、法政社經教學研究院和國際哲學學院。

列支敦士登有它的聰明，也有它的「狡猾」，它所以能變成一個富國，正是因為它有賺錢的狡猾。它知道富人最想幹的一件事，就是「逃稅」，於是，它便成了「逃稅天堂」。它的狡猾就是「絕對保密」。名為保護「隱私」，實為保護黑錢並在黑錢中得利。列支敦士登，國家太小，在世界地圖中幾乎看不見。小有小的好處，它容易被忽略，世上的警察英雄們恐怕懶得去理會這個小國度，所以富人們把錢放在那裏反而很放心。列支敦士登與世無爭，大約沒有甚麼大意識形態，只要有錢賺就好，前些年它的精英們甚至想出一種怪招，主張國土可以租借給他國，一天七萬美元。這是一種徹底的功利主義，很難被我們這些愛國主義者所理解。

（二〇一一年十二月八日於美國）

又見歐洲

一

一九八七年，我作為中國作家代表團的成員，第一次見到歐洲，那是在法國。可惜那是集體性的訪問活動，無論是觀看巴黎還是其他城市，都沒有張開個人的心靈眼睛，回國後對朋友說，此次是瞇着眼看巴黎，以後還要張大眼睛去看看。沒想到，我與歐洲這麼有緣，第二年我又到了瑞典，那是去觀賞諾貝爾獎的頒獎儀式。第三年又路經巴黎（逗留了一個月）到美國，以後又四次來到這個法蘭西的都城。每次到巴黎，都到盧浮宮沈浸一兩天，最高興的是兩次，由好友高行健和范曾分別作伴。他們是藝術家，對盧浮宮的雕塑、繪畫如數家珍，他們告訴我，從十六世紀法蘭西一世蒐集各國的藝術品開始，到了路易十三、十四，盧浮宮已經成了世界一流的藝術館閣。看了盧浮宮之後，才發現美國離盧浮宮很遠。美利堅合眾國雖然偉大，但它幾乎沒有歷史。在美國，可以見到數不清的高樓大廈、豪華住宅，但都沒有故事，可是歐洲的許多樓閣建築，都有一番故事。盧浮宮本身的故事就可以從十三世紀法王菲利普六世在塞納河邊建構堡壘講起。而盧浮宮內的藝術品，每一件都蘊含一個故事，都呈現了一部分人類的審美趣味史。

坐在小廣場的噴水池邊，面對盧浮宮，我曾思考，我們所居住的這個地球，最偉大的人文傳統在哪裏？我想，一個是歐洲人文傳統，一個是中國的人文傳統。盧浮宮只是歐洲人文傳統的一扇門窗，它不是全部，但它輻射着這個傳統的無比輝煌。而中國的人文傳統，多半凝聚在文字上，缺少大規模的博物館，尤其是藝術博物館。宮殿只屬於帝王將相。宮廷的字畫古玩也缺少國際性。歷來帝王征服了那麼多土地，最關心還是自己遊玩的御花園。慈禧太后非常聰明，但她只會想到興建頤和園的帝王遊樂園，不會想到建築一個集中人類天才創造物的盧浮宮。我國的帝王們不了解，一個人的內心深處積澱下頤和園與積澱下盧浮宮是很不相同的，我想告訴慈禧太后這些亡靈：我，一個中國的學子，當他的內心積澱下維納斯與蒙娜麗莎，當他積澱下從古希臘到梵高、莫內的藝術品之後，心裏平靜豐富多了；五千年文明的長河流過地球的各個角落，沖洗了榮華富貴，卻留下閃光的藝術。一切都會過去，惟有美的精品永在人間，人生可以向頤和園靠近，也可以向盧浮宮靠近。這是兩種截然不同的心靈方向。拿破崙四處征服，凱旋的時候，他不是帶回俘虜和金銀財寶，而是帶來稀有的藝術品。一七九三年他就把盧浮宮變成一個正式的大博物館了。據說僅拿破崙一次就捐贈了四十萬件寶物。現在擺設在展館裏的兩萬多件展品，全是寶中之寶。藝術寶物的特點是精緻之極，而且每樣藝術品都如此不同。我以往只知道有一個讀不完的莎士比亞，到了巴黎後，才知道還有一個看不盡的盧浮宮。後來又知道，盧浮宮不僅要看，而且要讀，因為幾乎每一樣作品都有來歷，都有一段美麗或神祕的傳說。最後，我又明白，盧浮宮不僅屬於法國，而且屬於全人類，這裏凝聚着全人類的天才智慧，也凝聚着全人類的創造歷史。在這裏觀賞藝術，也在這裏觀賞歷史。這裏有大約公元前二千五百年的古埃及書記官的雕像，有古希臘、古羅馬、古波斯、古中國的各種藝術精品，每樣精品都在見證歷史和訴說歷史。最珍貴的藝術品都搶到自己的祖國和盧浮宮，我們永遠也不會仰視拿破崙那征服者的驕傲，但知道這個法國帝王，擁有大聰明，他了解人世間最有價值的是甚麼，他該給自己的國家積累些甚麼，該給法蘭西人的心裏留下些甚麼。

二

從一九九二年八月到一九九三年八月，我應羅多弼教授的邀請，到斯德哥爾摩大學東亞系「客座」一年。當時，我就想遊覽全歐洲，特別是想進入法國之外的其他藝術之城與人文之城。但是，因為教學與寫作佔據太多時間，我只到荷蘭、丹麥、挪威、德國、俄羅斯等處，雖寫下了一些遊記，還是遺憾自己走的地方太少。這種遺憾，到一九九九年遊走奧地利、英國、西班牙和二〇〇五年遊走意大利、梵蒂岡、聖馬利諾、摩納哥之後才消除。到這些地方，我的心境很特別，這大約是攀登珠穆朗瑪峯的爬山運動員的心境。在我心目中，大自然的珠峯屹立在我國的西藏高原，那個白雪覆蓋的尖頂，我永遠無法抵達。但藝術、文學、人文的珠峯在歐洲，那些標誌人類精神價值創造最高水平的巔峯在佛羅倫斯、威尼斯、羅馬、倫敦、米蘭、梵蒂岡、維也納等處。米開朗基羅、達·芬奇、拉斐爾還有荷馬、但丁、莎士比亞、歌德、托爾斯泰等名字，都是我心中的珠穆朗瑪。去英國之前，我就想着，那裏也有我的珠穆朗瑪峯，只是在那個國度裏，名字叫做莎士比亞。還有另一個珠峯，叫做西敏寺，這座教堂裏安息着牛頓、達爾文、狄更斯的偉大亡靈，我一定要踏上教堂的地板，讓自己的腳心和整個身心和這些偉大亡靈共振一次脈搏。果然，我和李澤厚兄一起踏進莎士比亞的故鄉（愛汶河畔的斯特拉特福）尤其是踏上他的卧室，在排長隊簽名的瞬間，我幾乎要暈倒在那個古舊的樓閣上。看看那張簡陋的睡牀，看看腳下的地板，我幾乎覺得自己在做夢。從少年時代就開始膜拜與崇仰的莎士比亞，就睡在這裏嗎？這個地方，這座木頭小樓閣，就是誕生《哈姆雷特》、《奧賽羅》、《羅密歐與朱麗葉》的地方嗎？簽名的隊伍從樓下排到樓上，陪同的朋友說，這裏每天都像朝聖，每天都得排隊。「朝聖」，這個概念用得太好太準確了。我就是來朝聖的，我是東方的文學信徒，從小就信仰文學，信仰真、善、美，我知道對於文學僅有興趣是不夠的，還必須有信仰。莎士比亞就是我的神，我的聖人，我的信仰。在小樓底層，來訪者擠得密密麻麻，我在人羣中再次感到暈眩，我眼睛看着玻璃廚裏的遺物，心裏又浮上莪菲莉亞、苔絲德蒙娜、屈力奥特佩拉……整整兩個小時，我就像登上珠穆朗瑪頂峯的運動員，被八千多米的高山大雪颳得難以站穩。到達這裏的前幾年，我就出版了《西尋故鄉》一書了，此刻我見到的莎士比亞故居，也是我的一處故鄉。那個十五歲踏進福建國光中學的少年，那個名字叫做劉再復的少年，他的人生就是從朱生豪翻譯的《莎士比亞戲劇集》出發的。當他打開了《哈姆雷特》的第一章，他的整個心靈就屬於莎士比亞了，他的永恆家園就已確定了。他讀莎士比亞比讀曹雪芹還早，兩位天才都是他的故鄉。不錯，苔絲德蒙娜、莪菲莉亞對於我就和林黛玉和晴雯一樣親切，她們全是我青年時代的姐妹與伴侶。在我的人生中沒有比她們更親的戀人。就在莎士比亞的故居裏，我決定還要去看望茱麗葉與羅密歐。果然，二〇〇五年我和妻子菲亞、女兒劉蓮來到意大利的維羅納，並在這裏住宿了一個夜晚。這座城市裏有茱麗葉紀念館。我們帶着僕僕風塵走到茱麗葉的全身銅像前，這座銅像被無數多情男女的手撫摸得閃閃發亮。千萬張紙條貼在這個羅密歐與茱麗葉相會的庭院裏，我讀了一些充滿痴情的寄語與詩語之後也激情燃燒，和茱麗葉一起照了像。劉蓮更是照了一張又一張。至真的情感永遠是美麗的，人間最後的實在畢竟是情感，我崇尚這對為情而死的「情聖」，他們一起為人間留下真，留下美，留下超越家族對立的性情，不僅是浪漫。

拜謁莎士比亞故居的心願完成之後，我興奮了好久。故居裏所有的紀念品，從郵票、像章、鋼筆、鑰匙鏈到明信片、圖片，我全買了，而且從歐洲一直玩賞到美國。放下這些紀念物，我就盤算着下一回應去攀登米開朗基羅高峯了，這個願望直到二〇〇五年才實現。二〇〇五年一月，法國普羅旺斯大學召開高行健國際學術討論會，正在寫作發言稿時，行健邀請我會後去巴黎小住幾天，然後由他安排到意大利旅遊十天。這正符合我觀賞藝術珠峯的期待，從二月四日到十一日，我和菲亞、小蓮就路經里昂，然後到戛納、尼斯、摩納哥、佛羅倫斯、威尼斯、比薩、米蘭、羅馬、梵蒂岡、聖馬利諾等處，展開日夜兼程的藝術之旅。二月八日，我們來到梵蒂岡的聖彼得大教堂，仰天觀賞一百二十八呎高處天蓬畫所展示的偉大場面，在米開朗基羅這幅天才的巨畫裏，九個大場面分佈在九大框格之中，曾經在書本裏看過的上帝「真身」和亞當夏娃「真身」（我不信另有真身）就在上頭，帶着白鬍子的上帝一手擁着夏娃，（手指還觸到另一個女嬰），一隻手伸向注視着他的亞當。偉大的神聖手指已觸到他所創造的第一生命的人間手指，亞當的眼睛既與大慈悲的天父眼睛相遇，也與夏娃的眼睛相逢，惟有女嬰好奇地看着無邊的未來。這是「創世紀」的第一幕，驚天動地的人類誕生的偉大時刻，充滿慈愛、充滿光明與充滿生命氣息的情景，就從這一刻開始。這之後便是生活的圖畫。米開朗基羅按照舊約的精神展示，人類的生活絕非一帆風順，滔天洪水的強大，人性本身的脆弱，亞當的醉酒，夏娃的覓食，嬰兒的天真與母親的微笑，天帝的剛毅和諾亞方舟的擁擠，三百多人物的悲喜歌哭全交織在天才的筆下，沿着九局畫面繞了一圈，時而感到驚喜，時而感到恐懼，時而感到迷惘。最後只是讚歎：人很美麗，但並不是所有的人都那麼好。整幅巨卷暗示，人類不可以須臾離開自己的父親。

米開朗基羅用了四年半的時間獨自完成這幅天上人間的第一巨卷，從一五〇八年到一五一二年，他投入了全部生命，躺在鷹架上作畫，鬍鬚朝向天空，頭顱扭向肩膀，畫筆的彩色汁液滴落在他的臉上。腰身向腹部伸縮，一千六百多天的辛苦勞作把他的身體變形了，後身變短，前身變長，連眼睛也變樣，讀書看字必須把書放在頭頂上。米開朗基羅具有超人的天才，更是具有超人的勤奮和毅力，而且還具有一種哪怕是《聖經》也無法牽制他的獨創力量。按照《舊約聖經》的原意，上帝造人是上帝往亞當的鼻子吹了氣，但他大膽地改為用手指向亞當傳遞靈魂與生命，這一改變，使上帝與亞當的形象顯得從容自然，也使得夏娃與亞當各自找到最恰當的位置。

在梵蒂岡觀賞藝術巔峯之後，我便在城中觀賞羅馬的共和國廣場和帝國廢墟，當年的帝國已經不在，我們參觀的只是帝國的空殼，有如觀賞恐龍的骨架。不錯，只是骨架有的業已裝修，有的則保持原樣。恐龍骨架體系中最引人注目的是鬥獸場和鬥獸場旁邊的羅馬最大的凱旋門——君士坦丁凱旋門。（Arco di Constantino），此門建於公元三一二年，由三個拱門組成。門上的浮雕據說是照搬了圖拉真大帝和哈德良大帝凱旋門的浮雕，沒有自己的藝術創造。與凱旋門為鄰的是鬥獸場。這個血腥搏擊場建立之初，即公元一世紀的七八十年代，就有二千個奴隸與武士死於對手與野獸的刀劍與牙齒之下，帝國的暴君以欣賞血腥戰鬥與死亡為樂，這也是歐洲歷史極其黑暗的一頁。以殘暴為美，這種病態心理，在當代世界消失了嗎？羅馬帝國滅亡了，但病態心理並沒有消亡。

從羅馬出發，我們又到佛羅倫斯、比薩、米蘭和威尼斯。在佛羅倫斯米開朗基羅廣場的大衛像下，我意識到，偉大的文藝復興運動從這個城市興起已是公元十四世紀。距離羅馬帝國的鬥技場建立的時間竟有一千三百年，在中世紀的宗教統治期間，西方人類經歷了漫長的黑暗。儘管文藝復興運動在佛羅倫斯這個地方擺開了戰陣，但是，西方的人的尊嚴意識畢竟從此崛起。他們在回歸希臘的口號與策略下，再次展開天才創造的輝煌。歐洲在希臘時期向人類世界提供了蘇格拉底、柏拉圖、亞里斯多德，還提供了《荷馬史詩》和《俄底浦斯王》等不朽悲劇。佛羅倫斯發出文藝復興的曙光之後，歐洲從十四世紀到十九世紀又向世界提供了一大羣的天才和偉大創造物。十四世紀，它提供了米開朗基羅、達・芬奇和拉菲爾；十七世紀，它提供了斯賓諾莎；十八世紀，它提供了洛克、孟德斯鳩、盧梭、伏爾泰與大百科全書羣體，到了十九世紀，歐洲更了不起。這是個羣星燦爛的世紀。在德國出現了高於柏拉圖與亞里斯多德的哲學巔峯康德，還出現了馬克思、黑格爾等高峯。這個世紀的德國很了不得，不僅哲學第一，而且藝術也第一（康有為語）、康德之外有歌德與貝多芬。人文的珠穆朗瑪峯移向德意志的土地。在法國，為人類世界提供了巴爾扎克與雨果；在英國，則提供了牛頓、達爾文和亞當．斯密，而在俄羅斯這個吸收西歐文明的幅員遼闊的大國，則給人類世界提供了托爾斯泰與陀思妥耶夫斯基，這又是文學的珠峯。十八、十九世紀是歐洲的世紀，難怪那麼多人要認它為地球的中心。不過平心而論，十九世紀的歐洲，是無愧於被稱作世界的中心的。可是，沒想到，就在這些人類文明最發達的地方，在二十世紀策動了兩次血腥的世界戰爭，而且出現了反人性的兩大現象：納粹現象與古拉格羣島現象。為甚麼產生啟蒙理性的歐洲卻發生最不理性的瘋狂？為甚麼近現代文明的策源地變成了戰爭的策源地？德國，這個創造哲學巔峯的國家出了個幾乎把地球置於死地的頭號瘋子希特勒，這又是為甚麼？戰火燒焦了土地，奧斯維辛集中營埋葬了人類生活的詩意，於是，懷疑產生了，針對理性崇拜的解構思潮產生了。現代主義思潮針對文藝復興思潮對人的謳歌，提出「人沒有那麼好」的反命題。荒誕變成二十世紀西方的重大產品，於是，荒誕戲劇與荒誕小說從此勃興。二戰的戰火停息之後，我們再回望歐洲，便注意到，歐洲不僅給世界提供米開朗基羅、莎士比亞與康德，也提供了凱撒與拿破崙，希特勒與史達林。盧浮宮與奧斯維辛集中營都在歐羅巴土地上。

三

登臨了歐洲的藝術巔峯，觀賞了文藝復興時期及其之後幾個世紀的天才創造，不能不敬佩，不能不歎為觀止，也不由得要感慨：二十世紀的歐洲藝術與十九世紀及其之前的若干世紀相比，真是大倒退。

為甚麼倒退，在遊歷歐洲歐洲的旅程中也找到一些答案。在梵蒂岡見到米開朗基羅的雄偉傑作時，也同時了解了那個時代有一位支持他的教皇。教皇給他時間，給他多年精心製作的可能。假如教皇是個急功近利之輩，米開朗基羅就不可能有此偉大的完成。在佛羅倫斯又見到米開朗基羅的雕塑和眾多天才的傑作，但就在大衞的雕像下，我聽到一位來自英國的畫家說：要不是當時佛羅倫斯的領主美第奇家族（House of Medici）熱愛藝術，領主變成藝術的最大贊助人與領引人，要不是他們在統治佛羅倫斯時資助了大批藝術家，就不會有佛羅倫斯的藝術輝煌與人文輝煌。我則說，二十世紀的歐洲藝術品質倒退了，因為，藝術家失去了從容，失去了美第奇似的知音與靠山，他們必須靠市場養活自己。可是市場只講實用與效率。一般的商人沒有真正的審美的眼睛。藝術家為了贏得市場，只能在「創新」的名義下別出心裁地胡亂翻新，眩人耳目。急功近利的當代市場可以用嚇人的天價買下梵高的繪畫，但無法造就新的米開朗基羅、達·芬奇和拉菲爾了。唉，歐洲，你的藝術巔峯時代已經過去，此時此刻，世俗的激情已取代對神的愛也取代對藝術的崇仰，我不知道歐洲還會不會有第二次的文藝復興。我在這裏做夢，也僅能以此真實的夢獻給我喜愛的歐羅巴大地！

歐洲兩大遊覽處批判

凱旋門批判

在歐洲已遊覽了十幾個國家，幾乎每個國家都讓我喜歡，也讓我愈來愈增長對人類的欽佩。人真了不起。人才是精神萬物的創造者。這麼美的城市，這麼美的海港，這麼美的山間別墅，這麼美的教堂與博物館，全都美不勝收，全都讓人產生對人間的眷戀。但有三樣東西引起我的質疑：一是羅馬與巴黎的凱旋門；二是羅馬的古代鬥技場（鬥獸場）；三是西班牙的鬥牛場。

第一次見到凱旋門是在一九八七年訪問巴黎的時候。因為我是中國作家代表團的成員，所以受到特別熱烈的接待。主人帶我們去楓丹白露大街、德爾尼大街遊逛，還帶我們參觀埃菲爾鐵塔、羅丹紀念館、凱旋門等處。參觀完主人帶着自豪感客氣地問我有何感想。主人是真誠的，所以我也報以真誠。於是，我說：「法國的雅文化與俗文化都推向極致，都讓我吃驚。雅文化的代表是盧浮宮，太美太豐富太了不起了，一輩子也看不夠。俗文化的代表是紅燈區，一條大街十里長廊，各種膚色的女人弄姿騷首，氣魄真大，把我嚇得心驚肉跳。」主人聽到這裏，憋不住情感，他打斷我的話，客氣地反駁說：「你的祖國在明代末年，在「金瓶梅」時代，不也是很開放的嗎？不也是有很大的紅燈區嗎？只是你們不叫紅燈區，是叫甚麼來着。」我沒有與主人爭辯，繼續說：「還有一個問題是需要請教你們了。貴國的凱旋門，就建築而言，確實很美，凱旋門的名字也很好聽，可是，你們想過沒有？凱旋門是慶祝戰爭的勝利，是戰勝歸來的紀念碑，可是戰爭是相互殘殺，勝利的一方也殺人呀。」主人這回臉漲紅了，他大約未曾聽過這種批評，心理準備不足，一時語塞。我便繼續說下去：「戰爭不是好東西，兩千多年前我國的大思想家老子就說過『兵者，兇器也。』『大兵之後，必有凶年。』戰爭，就是殺人殺人再殺人，流血流血再流血，失敗者殺人，勝利者也殺人，所以我們的先賢老子就教導說，勝利了別高興，應當『勝而不美』，所以，從境界上說，凱旋門文化就不如《道德經》文化高。」法國朋友的臉漲得更紅了。但因為領隊催着我們回旅館，未能聽到他的答辯。那日我很亢奮，但絕不是刻意在表現自己的「愛國情懷」，我真的從內心深處覺得老子的思想了不起，也從思想深處覺得凱旋門文化乃是一種「勝而自美」的文化，這種「勝而自美」的文化與我國老子《道德經》中所呼喚的「勝而不美」的文化的大思路正好相反。進行了血腥的戰爭而遍地橫屍之後是舉行慶功典禮還是舉行哀悼葬禮，這是不同的政治選擇，也是不同的人性方向。對此，我國的老子選擇了「應以喪禮處之」，我覺得，這才是大慈悲，這才是真人道。這是多麼了不起的思想，他在兩千多年前就佔領了人道思想的世界制高點。當然，我也知道，我們中國在老子之後的兩千多年歷史上，也很少帝王將相和英雄豪傑能做到「勝而不美」。我批評過武松血洗鴛鴦樓時除了殺掉蔣門神等三個仇人外，還多殺了十二人，連馬夫與小丫鬟都不放過，尤其讓我難以接受的是，他殺得遍地橫屍以後還用布沾血在牆上驕傲地寫道：「殺人者，打虎武松也！」這是典型的「勝而自美」，典型的自我凱旋與自我慶功，我不知道甚麼時候，我的祖國人民才能抵達老子指示的境界。我在法國友人面前質疑凱旋門文化，只是和友人共勉，並非自眩。

一九八七年到巴黎時，我忘了凱旋門的歷史，忘了凱旋門並非法國人的原創。凱旋門的始作俑者，不是巴黎，而是羅馬。

二〇〇五年，我到羅馬時，除了觀覽鬥獸場之外，還特別仔細地看了看鬥獸場旁邊的羅馬最大的凱旋門君士坦丁凱旋門。此門建於公元三一二年。「征服」，這是羅馬帝國的主題，羅馬帝國的驕傲，鬥獸場既是征服「獸」的表演，也是征服「人」的表演。誰勝利誰就是英雄，誰失敗誰就活該被殺死。失敗連着恥辱與死亡。鬥獸場上最有力量的人，也是最大的殺手。這是羅馬帝國的縮影，它的凱旋門是為「征服」慶功，也是為最大的殺手慶功。

西方文化有極其寶貴的部分但也有不那麼寶貴的部分，羅馬、巴黎的凱旋門文化，就不那麼寶貴，至少在我的心目中，它只有美麗的空殼。至於內裏所涵蓋的內容，我則聞到它的血腥味。正因為有此嗅覺，我才把老子所指明的「復歸於嬰兒」看作人生的凱旋，再也不崇拜力量，只崇拜心靈嬰兒般的揚棄征服也揚棄貪婪的心靈。

西班牙鬥牛場批判

到了西班牙的巴賽隆納，和李澤厚兄一起看了一場鬥牛遊戲，這才明白，羅馬的鬥獸場已在這裏變形。此次和澤厚兄一起遊覽奧地利、英國。最後一站是地中海邊上的浪漫之國西班牙。在倫敦時，我們得知好友許子東、陳燕華和他們的寶貝女兒多多剛到馬德里，我們可以在那裏會合，然後一起去觀賞具有原始風情的佛拉門哥舞、鬥牛和藏有哥雅畫傑作的藝術博物館。可惜馬德里沒有鬥牛遊戲，也未能看到西班牙歌舞，只遊覽了馬德里宮、托倫多古堡，幸而還有普拉多美術館（The Prado Museum）在。這座館閣原是一七八五年查理三世時建立的自然科學博物館，一八一九年才由斐迪南三世改為畫廊，經一百八十年的積累，館中的一百間展室已藏滿西班牙繪畫的精華，僅哥雅就有油畫一百一十四件，素描四百八十五件。我很喜歡哥雅的畫，不管是寫實的還是寫意的都喜歡。臨走時買了他的「穿睡衣的瑪哈」，這個畫中人似乎也是我的夢中人。

子東、燕華還有自己的旅程，我和澤厚兄就一起到地中海邊上的巴賽隆納，這個城市的名字我早已熟悉是因為它在前些年曾舉辦過奧運會，當時就覺得它在西班牙的地位相當於中國的上海，選擇這個城市遊玩，主要是想看鬥牛。澤厚兄說，專程來看鬥牛，要買最好的票，可以坐在最前邊。票分三等，一等票相當於一百美元。那天觀眾很少，坐席的百分六十都是空着，於是我們便坐在第一排的最好位置上。人與牛就在眼皮下，鬥士衣服上的花紋、紐扣、皮帶，戰牛身上的鬃毛、雙角、足蹄，全都看得一清二楚。也許坐得太近，缺少「審美」距離，便親眼看到鮮血從牛的身上噴出，濺落，然後消失在細沙裏，也活生生地看到鬥牛士把利劍插進黑牛的要害處，最後還看到鬥牛士把倒在地下的牛的耳朵割下，然後拿着還在微微顫動的耳朵向觀眾致意。以往曾在電視電影裏看鬥牛，看到的其實不是「鬥牛」，而是「逗牛」。是鬥牛士拿着一塊大紅披肩，在歡快的音樂伴奏中挑逗傻乎乎的黑牛，黑牛和鬥牛士的一衝一閃，一橫一豎，剛柔結合，很有節奏，甚至很有詩意。可是這一回的近距離觀照，卻完全打破我的詩意印象。兩個小時左右，我看到的完全是血腥的遊戲。人和牛都是生命，在此生命的較量中，兩者是不平等的。鬥牛士有護身盔衣，騎的馬也有護甲，只有牛是赤身裸體；鬥牛士擁有長矛和短劍等武器，牛則「赤手空拳」。人對牛是不講「費厄潑賴」的。人實在太聰明，在拿着大紅披肩「逗牛」之前，他們已經把牛的元氣剝奪殆盡了。我們在電視螢幕上看到的「鬥牛」表演，其實，那牛早已被折磨得筋疲力盡了。此次近看，才看清了鬥牛的「程式」與「細節」。原來。鬥牛的第一程式是「消耗戰」。鬥士先充當騎士，他騎着蒙住雙眼的駿馬，馬的身上裹着厚厚的護甲，鬥士輕揚紅布披肩。氣兇兇的牛衝撞過來，卻只撞到馬的護甲，而鬥士卻趁機用長矛往牛身上猛刺。我因為坐得近，便清楚地看到血從牛的身上噴射出來，場上觀眾見到「血柱」，頓時發出一片喝彩。黑牛連中幾「槍」後，才進入第二程式。這是另一位手執短劍的鬥士準備和牛進行一場「短兵相接」，也因為距離近，我看清短劍的劍頭帶着可怕的鈎，因此，一旦相搏，立即就可把牛「肉」鈎住。已經被長矛刺得滿身鮮血的牛在新的「戰鬥」中，每次衝鋒過來，都挨了短劍的鈎刺，五六個回合後，牛背掛上了五六支短劍。黑牛大約感到疼痛，拚命搖動身軀，想甩掉背上的「芒刺」，然而，愈是晃動，便愈是喪失氣力。此時，號角響起，場上一片歡呼，原來，鬥牛進入第三程式，即真正的鬥牛戲開始了。鬥士一手拿着鮮豔的紅巾，一手拿着犀利的寶劍，又與遍體鱗傷的黑牛展開激戰。黑牛照樣衝鋒，一邊流血，一邊戰鬥。鬥士在周旋中看准空擋，舉起寶劍，對準要害猛刺，這致命的一劍，穿越後腦，直搗心臟。那天，我看到鬥士第一劍沒有刺中，牛未倒下，鬥士很快又補上第二劍，這一劍又準又狠又深，一直插入心臟，黑牛終於倒地，場上的觀眾才起立歡呼。這個時候，鬥士才算旗開得勝。在歡呼聲中，一些浪漫的女性觀眾還給鬥牛士送飛吻，扔手帕，鬥士撿起手帕，深深鞠躬，彬彬有禮地再現一下中世紀那種崇敬婦人的騎士風度。此次觀賞四場激戰，每場激戰，都要殺死一頭牛，四場四頭。鬥牛場早已準備好拖拉牛屍的車架。

終於看到了最真實的鬥牛場面。以往看到的是紅面黃底的大披肩，這回看到的是血淋淋，以往看到的是牛的兇猛，這回才看到了人的狡猾；以往看到的是假相，這次看到的是實相。看完後，澤厚兄說，不能再看第二次了。走出表演場，我們一路上又談觀感，他感慨說，不同民族的文化心理差別真大。中國人恐怕不會喜歡，印度人更受不了。我說，凡是信奉佛教的國家都不會欣賞這種殺生的遊戲。它離慈悲太遠。中國歷史上有過嗜好鬥蟋蟀的皇帝，但還沒有出現過熱中於殺戮生命的遊戲。與古羅馬的鬥獸相比，巴賽隆納的鬥牛多了一副面具，這就是大披肩，這面具的一閃一爍，曾讓我以為這是既有色彩又有旋律的圖畫，到了現場，才明白面具背後全是生命的顫慄和謀殺的技巧。

古羅馬鬥獸，畢竟還有真的「征服」精神，真的猛士，而西班牙的鬥牛，雖然也想張揚征服精神，但只剩下屠宰的「花招」。赤裸裸的屠殺變成笑盈盈的誅殺。這也許正是人類的一種進化，雙方力量的較量進化為強者一方的機謀。

巴賽隆納的一件小事

一九九九年和李澤厚兄一起到維也納參加關愚謙兄主持的中國文化討論會後，我們又一起到英國和西班牙旅遊。

在西班牙，先是參觀馬德里的舊宮廷和藝術博物館。許子東、陳燕華及他們可愛的女兒多多，比我們早到一天，他們事先租好車子，載着我們到處觀賞，真是愉快。

結束馬德里遊覽之後，我和澤厚兄便到巴賽隆納。巴城在西班牙的地位相當於上海在中國的地位，是很有名的地中海港口城市。一九九二年的夏季奧運會就在這裏舉辦。我們所以選擇這個城市，最主要的原因是為了到這裏來觀賞鬥牛。到了西班牙，不看看他們的舞蹈與鬥牛，一定會感到遺憾，所以我們到達巴賽隆納的第二天，就去觀賞這種聞名於世的鬥牛遊戲。雖然印象不太好，但難以忘卻。最沒想到的是，這個城市除了留給我們「鬥牛」的深刻印象之外，還有一件意外的事也留給我們非常深刻的印象。

臨走的那一天黃昏，我們去逛商場，各自給妻子、孩子買點小禮物。澤厚兄挑選了一陣之後，給大嫂馬文君買了一個漂亮的小手提包，三十美元左右，相當精美。這是在西班牙的最後夜晚，我們決定在最繁華的鬧市大街上觀賞一下巴賽隆納的傍晚風情。於是，我們倆就站在路燈之下，痴痴地看着一羣一羣的西班牙男男女女嘻嘻笑笑地從我們面前走過。「西班牙人連臉色都有一點浪漫！」我漫不經心地說，澤厚兄沒有回答我，只見他把新買的提包貼放胸前，眼睛只顧看着來往的人羣。

站立了大約三十分鐘，突然有三個西班牙小夥子，二十歲左右的模樣，來到我們面前，我正要看看他們帶的西班牙式的牛仔帽和我的美國式牛仔帽有甚麼不同時，一個「驚人」的事件突然發生，三人中的一個小青年已經用閃電般的動作把澤厚兄的提包搶了去。我們還來不及反應，或者說還不完全明白是怎麼回事，就看到這三個小夥子鷹似地衝向大街的那一邊，飛快地穿越人羣拚命往前奔跑。此時此刻，才聽見澤厚兄說了一句話：「他們竟然把提包從我的手上搶走了」。我指着前邊：就是那三個人，還在跑。可是，話音未落，我們卻看到三個人中的一個回過頭來，向我招招手，好像還開口說了話，顯然是向我們示意，是表示謝意還是表示歉意，我們無從知道。在驚愕中，我對澤厚兄說：「怎麼西班牙的小偷也挺浪漫？」澤厚兄說：「這不是『偷』，是搶！」對，是搶。怎麼搶也浪漫，竟然在光天化日之下搶？而且如此從容又如此熟練地搶？怎麼沒有人管管，西班牙沒有警察嗎？怎麼跑到遠處還會回過頭來和我們交流手勢語言？澤厚兄不像我如此浮想聯翩，只說「幸而皮包裏沒有裝着護照、綠卡、機票等旅行文件」。我調侃說：下午白白花了兩個小時給大嫂買了禮物，現在沒了。澤厚兄本就不高興，聽了調侃，立即回了一句：「剛才你好像驚慌失措」。我說：我的確吃了一驚，怎能如此明目張膽？怎麼如此光天化日？

返回美國後，我給朋友講述西班牙之旅的故事，固然也講了哥雅的畫，鬥牛場的血，但總要講一番小偷又搶又笑的故事，講後總不免要感慨到處都在生活，到處都有浪漫，到處都有生存困境，到處都有兩極分化，社會本就是三教九流，五花八門，惟其如此，社會才成為社會。

歐洲兩袖珍小國遊記

摩納哥一瞥

讀中學上地理課，老師講到歐洲的幾個袖珍小國：安道爾、梵蒂岡、盧森堡、列支敦士登、聖馬利諾和摩納哥。這些小國只見到梵蒂岡、摩納哥與聖馬利諾，其他三國一直無緣相見。

見到摩納哥是二〇〇五年二月初，那天剛剛欣賞了法國尼斯的夢境一樣的沙灘和海岸，過了一個小時，就看到摩納哥。尼斯與摩納哥的距離只有十八公里，巴士從高處緩緩進入這個以賭博和汽車比賽聞名於世的微小國度。尼斯和摩納哥都是地中海岸上的明珠，我們在從尼斯開往摩納哥的路上，一直沈醉於地中海海岸的迷人風光，到了摩納哥的城頭，才突然見到一片金碧輝煌。只是一瞥，就知道這是一個超豪華的奢侈國家。

車子在大賭場前的小廣場上停下。我們知道，充滿刺激的一級方程式賽車在每年的五月進行，我們沒有觀賞的機會，惟一可以見識的只有賭場，於是，我們一下車就走進賭場，就拉老虎機，就聽到叮叮噹噹的響聲。大賭場建於一八七八年，其豪華如同宮殿，這是設計過巴黎歌劇院的設計師的另一傑作。十九世紀中期，面對經濟危機，摩納哥親王查爾三世在市區北邊開設了第一家賭場，之後，法國商家摩里斯·布朗得到了在摩納哥開設賭場的租讓合同，從此，以賭場為中心、包括歌劇院、運動場、豪華旅館、海灘、商店的博彩業體系便在這裏產生。一百多年來，此處成了世界各國富豪縱情揮金的場所，但他們又造就了摩納哥數千富豪和密集的數百輛勞斯萊斯汽車羣落。如果說，當今世界是一部金錢開動的列車，那麼這個只有三萬人口的國家，也是列車的樞紐之一，不可小視。

對於開創賭業的摩納哥查爾三世如何評價，一直有爭論，譽之毀之都有。但是摩納哥人還是感激他，把他創辦第一家賭場的北邊市區命名為蒙地卡羅。對於任何歷史人物的評價都離不開道德評價與歷史評價。從道德上說，賭博屬善屬惡，本身就爭論不休。香港至今只有賽馬，沒有正式的賭業，就反映了英國殖民者和今日的行政官員的道德傾向。而澳門則不然，葡萄牙統治者只作「歷史主義」的考量，它想到的是澳門這個彈丸之地的生存之道。與澳門相似，那位摩納哥親王考量的重心也是生存之道。一個小國，沒有工業，沒有農業，沒有畜牧業，沒有埋藏在地下的煤層、石油和金礦，靠甚麼活下去？在這種情境下，只能把「歷史主義」放在第一位，「倫理主義」放在第二位。先富起來再說，這是查爾三世的聰明之處。除了執政者的聰明之外，小國的「民眾」不會像大國民眾那樣蒙受道德的壓力。相對而言，小國民眾較少倫理的障礙，擺在面前的第一問題還是如何生存下去的問題。

這個小賭國，沒有敵人，只有客人；沒有戰場，只有賽場。賭場其實也是賽場。因為時間太短，我們未能進入這個國度的文化深層，只能在它的表面了解到，所有的賽場都沒有道德裁判所，他們不管客人是否只顧「一賭方休」而因此破產、因此跳樓、因此墮落，他們只提防客人中有江洋大盜和超人賭傑。在摩納哥賭史上，發生過許多有趣的故事，其中一個故事是赫赫有名的、奇襲珍珠港的日本海軍司令山本五十六，他在戰前出使歐洲時，曾因賭技超羣，贏錢太多而被禁止入場。他是被摩納哥拒絕的第二個日本賭客，第一個是日俄戰爭時期駐歐洲的日本特工頭目明石元二郎。在摩納哥人眼裏，兩位日本客人並不是政治敵人，而是可能顛覆他們賺錢機器即生存機器的怪人。他們的禁行，乃是本能地捍衛自己的生存機制，並無深意。

人類充滿生存困境、心靈困境與人性困境，對於摩納哥這個具有七百年歷史但因賭業而贏得一百五十年的「燦爛」歷史的小國，我既不羨慕，也不譴責，既不謳歌，也不嘲笑，只給予同情的理解。它金碧輝煌，但不是我們的理想。它賽車賽錢，不是合理想的存在，卻是合現實的存在。每個國家、各個民族都可自由地選擇自己的存在方式，無需革命家與道德家去統一人間的存在方式，這也許就叫做「寬容」。

（二〇〇五年五月寫於香港）

聖馬利諾的「根基」

在歐洲見到兩個小國：摩納哥與聖馬利諾，覺得兩國的立國精神很不相同。前者靠金錢立國，賭場與賽車場是他的生命場；後者則靠精神立國，議會是它的生命場，「共和」與「自由」精神是它的生命線。

老子曾說：「治大國如烹小鮮」，意思是說，治大國不容易，必須小心翼翼。其實，治小國何嘗不是如此。「小國寡民」雖好，但畢竟勢薄力單。因此，小國最擔心的是「他者」的威脅。當年中國春秋時代，長江黃河流域的千百個「小國」，哪一個不是戰戰兢兢，害怕被「他者」吞掉？像聖馬利諾這個國家，面積只有六十多平方公里，人口不到三萬人，倘若意大利、法國有野心，一舉就可以把它吞食。但是，它卻長期存在，歷史可以追溯到公元前四世紀那個名叫馬里諾的天主教切石匠，據說他在逃避羅馬君王的天主教法令時，帶着一羣教友在提塔諾山（亞得里亞海海岸附近的山脈）組織了第一個天主教團體，這個團體一直存活下來，後來發展成聖馬利諾國。儘管歷經了千百年的滄桑，中間也曾被佔領過，但在近現代歐洲充滿戰爭的時代裏，它還是在那個如詩如畫的山坡上站立到今天，活得很有尊嚴。而它所以能屹立不倒便是它的自由精神所賜。在介紹聖馬利諾的書籍中記載着這麼一個經典故事：幾乎征服整個歐洲的拿破崙進入意大利之後，曾從這個微小共和國邊上經過，雖兵臨山下，但他不僅沒有侵佔這片土地，而且讚賞這個國家，聲言「保留聖馬利諾就像保留自由的象徵。」並派遣著名的數學家 **Monge** 和他的特使來到提塔諾山，讓他們代表自己表達對聖馬利諾的好意。一八〇五年他又盛情地接待了被派去米蘭擴展聖馬利諾共和國與 **Cisalpina** 共和國之間商貿條約的共和國使者 **Antonin Onofri**，那個時期世界上最有力量的皇帝所以如此尊重聖馬利諾，是因為他知道，強大的軍隊可以征服王冠、權力、財富和大片土地，但不能征服自由精神。

作為小國，聖馬利諾的自由精神，首先在於它雖小卻獨立不移地自主、自尊，堅守自由自足的存在方式。從一二九六年完全獨立之後，聖馬利諾的日子並不安寧。它周邊各大區的宗教機構一再干預它，羅馬教皇 Pio 二世、Paolo 三世、Carlo 五世任期期間，都曾使用軍隊威脅這個小國，最嚴重的一次是一七三九年，邊境完全被封鎖，斷水斷糧，大部分住宅遭到洗劫，但他們沒有屈服，最後迫使羅馬教皇命令紅衣主教 Alberoni 率領的軍隊撤退，還給該國自由與尊嚴。聖馬利諾的自由精神在其國家的政體上也充分表現出來。這個共和政體充分民主，充分尊重每個公民的選擇權利。這個袖珍國家有九個行政區，九個政黨。國家體制下最重要的是市民大會，它擁有修改共和國規章的權利和「請願書的權利」，市民大會組織市民直接選舉「大總委員會」，大總委員會相當「議會」，由六十名代表組成。大總委員會每六個月選舉出兩位國家元首執行官（四月一日與十月一日）。此外，還要選出擁有行政職能的「十二委員會」。這一政體最讓人感動的是對生活在這個國度中的每一個個體生命都充分尊重，每個人都被允許可以直接和國家最高機構對話，隨時都可以向最高機構遞交請願書，而且在六個月內會得到回應，沒有「天高皇帝遠」的問題，也沒有「哭訴無門」和「石沈大海」的問題。當年老子嚮往「小國寡民」，不知道有沒有想到這一層？

大約五個小時，我和妻子、女兒好奇地觀看坐落在山巔上的袖珍共和國，好奇地欣賞他們的政府大樓、鐘樓、石塔、圍牆、廣場、教堂、蠟像館、水族館、珍奇博物館、酷刑博物館、國家博物館、現代武器博物館，真是「麻雀雖小五臟俱全」，貌似隱居山中，現代化的成果卻甚麼都有。世界在看它，而它也在看世界，吸收世界。它既不忘古代刑具，也不忘現代武器。它超越紛爭，堅守中立，蠟像館裏有林肯、華盛頓，也有希特勒與墨索里尼，它要保存的是歷史。小國難以創造大文化，但可以保存大文化。

走下提塔諾山，我對這個小小的山國還是充滿敬意，覺得它賴以生存的，除了山脈之外，還有一種看不見的東西，這比山脈還重要，它才是山國屹立於世界之林的根基。

（寫於二〇〇五年五月）

彼得堡遊思

一

一九九三年六月，我和一羣參加斯德哥爾摩大學「國家、社會、個人」學術討論會的朋友，乘船到彼得堡遊覽。此次旅行，留給我們印象最深的是，這個剛剛崩潰的革命大帝國沒有東西吃，街市上一片蕭條，地攤上到處都是在拍賣英雄勛章。我知道，俄羅斯正在經歷又一次社會大轉型，這種艱難歲月只是暫時的，因為我在涅瓦河畔，一直想到俄羅斯那些偉大的靈魂。相信有這些靈魂在，俄羅斯早晚會恢復它的元氣。

我理解的俄羅斯靈魂，不是東正教的經典和教堂，而是普希金、萊蒙托夫、屠格涅夫、托爾斯泰、契訶夫、陀思妥耶夫斯基等人的名字。他們每一個人的名字都和我的祖國的最偉大的詩人屈原、杜甫、李白、蘇東坡、曹雪芹一起，總是懸掛在我生命的上空。

我的性情除了生身母親賦予之外，還有一部分是他們的作品與人格鑄造的。當我走進彼得堡，真正踏上俄羅斯的土地時，首先不是對政權的更替和歷史的滄桑感慨，而是對這片土地上的偉大心靈，充滿感激之情。那一瞬間，從少年時代積澱下來的情思和眼前的槲樹林一起在血液中翻捲着。一個中國南方的鄉村孩子來了，一個在黃河岸邊的風沙中還偷偷地讀着《戰爭與和平》的書痴來了，來到他的精神星座上，來到你們的身邊！你們能感知到嗎？長眠着托爾斯泰與陀思妥耶夫斯基的俄羅斯大街與大曠野。

在彼得堡的商店裏，麵包短缺，處處可以感受到這個國家的蕭條與悲涼，但是，我相信，有托爾斯泰這些名字的支撐，有如此雄厚的文化根基墊底，這個民族是擁有未來的。時間對於具有偉大心靈的國家是有利的。當世界的道德正在走向頹敗時，俄羅斯這片大森林有托爾斯泰們的陽光照射，它不會腐朽。

二

踏上彼得堡的第二天，我記起契訶夫的一句話：「俄羅斯總是看不夠」。俄羅斯是他們的祖國，這片遼闊的森林與原野確實是他們的情感傾注不完的。而我想起這句話時，做了一點延伸，變成「俄羅斯心靈也總是看不夠」。我從十五歲讀高中開始，就閱讀俄羅斯作家的作品，至今四五十年，總是覺得讀不夠。出國之後，我仍然繼續閱讀。閱讀俄國文學，與閱讀歐美的詩歌小說感受很不相同。我喜歡從卡夫卡到薩特、加繆、卡爾維諾的小說，喜歡領悟他們對人類生存困境所作的批判和批判背後的悲傷，這是人類失去精神家園之後的大彷徨。「我是誰？」他們發出的是世紀性的大提問。我常與這些提問共鳴，然而，我還要活下去，我必須活在托爾斯泰們「我是人」的答案中。托爾斯泰曾說：「他是人，所以我們要愛他。」這句話的對應意義就是：我是人，所以我有被愛的權利。托爾斯泰的偉大人生公式只有一個：我愛，所以我寫作。這一公式對我產生了深刻的影響。蘊藏在俄羅斯文學中的愛意，我永遠領悟不夠，它像永恆的宇宙和永恆的大自然，一次性的短暫人生之旅絕對無法抵達它的盡頭。

托爾斯泰曾說，我寫的作品就是我的整個人。「整個人」就是身心全部，就是應當如此活着的整個人格與整個心靈。列寧說，有兩個托爾斯泰，一個是哭哭啼啼的地主，一個是時代鏡子似的作家。這種說法值得商榷。托爾斯泰是完整的。正如羅曼·羅蘭所說：「對於我們，只有一個托爾斯泰，我們愛他整個。因為我們本能地感到在這樣的心魄中，一切都有立場，一切都有關聯」。（《托爾斯泰傳》第五頁）我也確信，只有一個托爾斯泰，只有一個用愛貫穿人生的完整的托爾斯泰，只有一個大慈大悲籠罩着整個人類世界的托爾斯泰，也只有一個用愛統一自己的生命也統一精神宇宙的托爾斯泰。從來沒有一個地主的托爾斯泰，尤其是剝削者意義上的地主。他永遠支付着他的大愛。他的確常常哭泣，眼淚一直流到死亡的那一刻。在彌留的牀上，他哭泣着，並非為自己，是為不幸的人們。在嚎啕的哭聲中他說：「大地上千萬的生靈在受苦，你們大家為何都在這裏照顧一個列夫．托爾斯泰？」

托爾斯泰正是以他的整個心靈哭泣着。眼淚沒有前期與後期之分，托爾斯泰的眼淚任何時候都是真實的。

康．帕烏斯托夫斯基在描述契訶夫的時候只用四個字加以概括，一是「天才」，二是「善良」，契訶夫是社會諷刺的天才，文字都含着最善良的眼淚。而他自己，也像托爾斯泰那樣哭泣過。帕烏斯托夫斯基批評契訶夫的各種回憶錄都忽略了眼淚，對契訶夫曾經痛哭一事隻字不提。只有吉洪諾夫、謝列勃羅夫寫過他的眼淚，這是在黑暗中獨自奔流的眼淚。他生性善良高尚，且剛毅木訥，因此常常把自己的眼睛瞄着底層的弱者。

俄羅斯作家是天生愛哭還是不能不哭？他們的眼淚是難以抑制的，一顆巨大的慈悲心，負載着比誰都沈重的人間不幸，不能不常常落淚。

在彼得堡陽光明媚的海灘上，對着墨綠色的波浪，我所以想起了俄羅斯心靈的眼淚，是因為這些眼淚曾經滋潤過我乾旱的血脈，還幫助我澆滅過狂熱的喧囂，在瘋癲的文化大革命歲月中，它一滴一滴地往我心中滴落，使我規矩了很多，使我沒有為虎作倀，沒有與狼共舞。

我的年青時代正是熱火朝天的六七十年代，那時候，我就感到自己與時代很不相宜。我降生錯了，不是降生的地點錯了，這個地點是我永遠愛戀的中國，是降生的時間錯了，我不該降生在「橫掃一切」的年月。我完全無法理解這個時代，也完全無法跟上這個時代的步伐。終日緊張，朝不慮夕，神經日夜不得休息。

當我看到人們帶着憤怒走向批判台，像狼虎對着詩人學者吆喝的時候，我就在台下發抖，並意識到，這個時代屬於他們，只有他們敢於在「橫掃一切牛鬼蛇神」的革命口號下橫掃人類的一切精華。這個時代不屬於我，這個時代的每一分鐘都那麼漫長，都逼迫我去面對一個問題：對於被審判的牛鬼蛇神，我應當恨他們還是愛他們。在大彷徨中，我聽到了托爾斯泰的嚎啕大哭，他的眼淚灑向我驚慌的內心，我聽到托爾斯泰的聲音：愛一切人，寬恕一切人，哪怕他們是敵人，也要愛敵人。何況他們不是敵人，而是你的兄弟、師長與同胞。托爾斯泰的哭泣拯救了我。他讓我知道：此時，我的懦弱是對的，身心發抖是正常的；此時，勇敢便是野獸，只有懦弱與動搖能遠離野蠻。一切理由包括革命的理由都高不過「人類之愛」的理由，惟有「愛」的真理是四海皆准的、顛撲不破的真理。

經過托爾斯泰的提醒，我在黑暗的森林中又走出了一條小路，再一次看到無遮蔽的碧藍的星際，正像《戰爭與和平》中的安德列在臨終的時刻又看到高遠的無限的天空。二十多年過去了，今天想起托爾斯泰的眼淚，覺得每一滴都是熱的，我該怎麼感謝這些眼淚的滋潤和他那些愛的絕對命令呢？這些眼淚與命令對我是何等重要！那個時代的風煙、陰影、噩夢、深淵，完全可以毀掉我，完全可以剝奪掉我的全部善良與天真，把我變成一個頭上長角、身上長刺的妖魔，一個沒有心肝的政治生物，一個只會在方格紙上爬行的名利之徒，一個把持權力、財富卻不知人間關懷的小丑，一個擺着學術姿態但喪失真誠的騙子，甚至可以變成一匹狼，一條狗，一頭豬，一隻長着邪惡牙齒的老鼠。活在這個時代，真是一次靈魂的冒險，墮落只是一剎那。在這個時代裏，我有過錯，但畢竟沒有墮落，這是何等幸運！想到這一點，我對托爾斯泰就充滿感激。

二十世紀科學技術的發展真是奇迹。人，真了不起。但是，我並不太喜歡二十世紀。這也許與我自身的體驗有關，我只覺得，生活在這個世紀的人太艱難了，我想努力去做一個人，但不知道怎麼做人。人總得有一些與獸區別的品格，例如人必須善良。沒有善良，人就會像野獸一樣隨意吞食自己的同類。天才一旦失去善良，就會變成希特勒。可是，在這個世紀裏，善良遇到空前未有的嘲弄。人們說：革命不是温和與善良。善良者不過是糊塗蟲，是憐憫狼的東郭先生。人們還說善良沒有飯吃，善良看不到敵人的面孔，善良是無用的代名詞。這些世俗的謊言遮蔽了道德，潮水般的笑聲使善良的品格像囚犯似地抬不起頭，人類的一種基本品行像星星一樣殞落了，連作家詩人也丟失了善良，於是，他們便理直氣壯地向另一些作家詩人開火，到處都是攻擊與咒罵，時代彌漫着令人窒息的烽煙。

我差些被烽煙熏死。差些被潮流捲入深淵。幸而托爾斯泰的名字仍然在我心裏，想到這一名字，我就想起他那一句絕對的、幾乎是獨斷的話：「我不知道人類除了善良之外，還有甚麼美好的品格。」這句化入我肺腑深處的話，一直保衛着我，保衛着我道德的最後邊界，人與獸的最後邊界。守住這一邊界，我才分清了清與濁，淨與染，才想到：把人送入「牛棚」，不是小事，這是重大歷史事件。我感謝托爾斯泰，感謝他讓我知道丟掉善良的全部嚴重性，及時地進行一場自救。

進入八十年代之後，又是托爾斯泰幫助了我。這個年代，滿身是污泥，滿身是血腥味。當朋友們在撫摸傷痕、譴責社會的時候，我也撫摸與譴責。一個錯誤的時代的確糟踏了所有的詩意。時代是有罪的。就在這個時候，托爾斯泰告訴我：勿忘譴責你自己，應當有坦白的英雄氣，惟有「坦白」能拯救你自己。坦白承認自己參與了錯誤時代的創造，坦白承認自己在牛棚時代裏的行為並非屬於人類，而屬於獸類與畜類。我記得托爾斯泰就有這種坦白的英雄氣。那一年，在度過一段放蕩的日子之後，他自己憎惡自己，在日記上寫道：「我完全如畜類一般地生活，我墮落了。」他把生命作為戰場，與「自身的罪孽」搏鬥，在臨終前，他仍然反復地說：「我不是一個聖者，我從來不自命為這樣的人物。我是一個任人驅使的人，有時候不完全說出他所思想所感覺的東西……在我的行為中，這更糟了，我是一個完全怯懦的人，具有惡習，願侍奉真理之神，但永遠在顛蹶。如果人們把我當作一個不會有任何錯誤的人……那麼我的本來面目可以完全顯露：這是一個可憐的生物，但是真誠的，他一直要而且誠心誠意地願成為一個好人，上帝的一個忠僕。」

托爾斯泰這種坦白的英雄氣，像雷霆一樣震撼了我。他如此偉大，又如此謙卑。當年他讀到盧梭的《懺悔錄》時，就如同晴空霹靂，因為他從中找到拯救自己的生命之舟：坦白。他這樣禮讚盧梭：「我向他頂禮。我把他的肖像懸在頸下如聖像一般。」他不僅禮讚，而且也寫出自己的《懺悔錄》。通過懺悔，通過正視曾有過的「畜類的生活」，正視在時代所犯的錯誤中自己也有一份責任。於是，他返回人類，從牛棚返回人間。托爾斯泰提示我，強大的人無需任何撒謊、隱瞞和掩蓋自己的弱點。而且還啟迪我：我的確參與創造錯誤的時代，給牛棚時代提供了一塊磚石，我的每一聲吶喊、每一張大字報都是罪孽的明證。我不應害羞，應當坦白地承認自己曾經唱過高調，曾經追隨過「造反有理」的吶喊，渾身是匪氣；還曾經千百次發誓要當一頭老黃牛和一隻願意夾着尾巴生活的狗，渾身是畜氣；甚至向所謂「走資派」伸出利牙，渾身獸氣。

那個牛棚時代，那段歷史，那些無所不在的污泥濁水，真的進入了我的生命和腐蝕過我的生命。我的脾氣變了，小丑般地跟着人家嘲笑唐僧是「愚氓」，惡鬼似地到處尋找「落水狗」來痛打，戲弄一百遍「寬恕」，踐踏一千遍「温情主義」。暴力的病毒侵入了自己的骨髓。換血，要吸髓，要把病毒從脈管裏吸出來，挖出來，倒出來。我對托爾斯泰這樣保證。

也許因為反省，我終於在告別這個世紀的時候，也告別革命。無需賣弄學術姿態，無需做學院式的詞源考證，我要告別的革命當然是暴力革命。無需隱諱活在我心中的托爾斯泰催生了我的思想。已經很久了，在我耳邊總是震盪着。一九〇四年十二月二十二日他發出的聲音：「法國大革命宣告了無可置疑的真理，但真理一旦被訴諸暴力，便都成了謊言。」一個對人類懷着大慈悲的人，不可能支持暴力。在托爾斯泰的眼裏手段比目的的重要。沒有甚麼使用殘暴手段的偉大目的。殺戮永遠是一種罪惡。所謂惡，就是暴力。托爾斯泰並非主張「勿抗惡」，而是主張勿以惡抗惡，勿以暴力征服暴力，從而陷入暴力回圈中。

托爾斯泰指示我：這個世界缺陷太多了，這個世界的道理太多了，我們應當有一個最高的道理。對人間不要求全責備，但可以要求有一個沒有暴力的世界。放下武器難道比製造武器更難嗎？

在彼得堡的那三個白天，還有三個夜晚，我其實不是在遊覽，而是在遊思。我知道托爾斯泰不僅寫過彼得堡，而且最後長眠在彼得堡。在這個地方，在波羅的海的岸邊，我不能平靜。惟有在這個地點，我能做出如此傾吐，如此訴說，能痛快地抒寫久藏於心中的情思。

（寫於一九九三年三月）

佛羅里達海灘

美國行走

傑弗遜誓辭

我是在一九八九年四月來到華盛頓的。那幾天，美國的首都剛從冬季的風雪中蘇醒，滿城風和日麗，無數風箏在空中飄蕩。我昂起頭眺望着風箏和西天的雲彩。看久了，在綠草地上坐下，心裏想着剛剛在傑弗遜總統紀念館裏讀到的誓辭，他向上帝所做的莊嚴的保證。這一誓辭保護着自由的風箏，它彷佛也寫在風箏的絲綢飄帶上。

傑弗遜像下的誓辭這樣寫着：

I have sworn upon the altar of God, eternal hostility against every form of tyranny over the mind of man.

（我向上帝宣誓：我憎恨和反對任何形式的對於人類心靈的專政。）

每次參觀紀念館，我都格外留心英雄的座右銘。人類精英們的心得，值得我多想想。但是，在我的記憶中，還沒有一句名言像傑弗遜這一思想如此讓我震動。在讀到的一剎那，我心裏哄然一聲，思緒如洪波湧起。

我是一個從馬克思主義經典中走出來的學人，對西方傑出的政治領袖只有敬意但沒有崇拜，對於他們的思想一直採取質疑的態度。然而，這一句話，我卻產生很深的共鳴。在被觸動後的那一時刻，我真想吶喊幾聲，請求全世界的政治家和思想者注意。那些早已知道的，也請重溫一遍。我還特別請求我的祖國能注意，並希望故土的山谷能夠回應我的吶喊，像童年時代回應我天真的歌聲。

這是一句誓辭，一個美國思想家的信念。但它也包含着我的良知關懷和良知拒絕的全部內涵。近幾年，故國的報刊一直在討伐我，至今沒有停斷。如果我有罪，那就是我對心靈專政毫不含糊的譴責和反叛，也就是我在地球的東方發出一種與傑弗遜同樣的聲音。然而，傑弗遜和華盛頓、林肯共同創造的時代卻告訴人們，尋求真理並說出自己所信仰的真理，這是天賦的權利，永遠不能成為罪行，政治專政的鐵拳永遠沒有理由對準人類天然神聖的心靈。

當然，憎恨我的人把我當作異端也並非沒有根據，因為我的確和一些拿着教條來謀殺我的祖國和我的人民的政治激進者不同。我的語言已從他們規定的死亡方格中跳出，並揭露教條已經刺殺了我的祖國的生命力。我確實在用筆抗爭，而抗爭的一切，如果需要用一句簡明的話來表述，那正是美國這位思想家鄭重的誓言。

在曠古未有的文化大革命荒誕歲月中，我最後悟到，毛澤東與馬克思的區別，就在於毛澤東把無產階級專政的強大機器從政治經濟領域推向人的心靈領域。所謂「全面專政」，就是說僅僅在經濟政治領域裏剝奪剝奪者的權力是片面的，只有在心靈中也實行剝奪才是全面的。當大陸的政治騙子羣把「全面專政」的旗幟舉上雲霄的時候，無數知識分子的心靈卻在牛棚和牢獄的黑暗牆角下做着最悲慘的呻吟。他們一個個把筆變成匕首，天天刺進自己的胸膛和別人的胸膛。他們在奴才與佞幸的強制下，用最惡毒的語言詛咒自己和自己的同胞。他們承認自己是內奸似的黑幫，是地獄中猙獰的魑魅魍魎，是企圖阻撓人類走向極樂園的江洋大盜。他們一面被人像追獵野獸一樣地被迫交代自己的罪行，一面又把一枝從小就勤奮練就的筆桿深深地插入自己的咽喉，然後又插進一切和平與仁慈的信念。他們檢舉、揭發、交代，一個字一個字都像瘋狂的毒蜂去咬叮他人的靈魂和自己的靈魂，連早已埋入地下的祖宗的屍體也不放過。他們在「不怕疼、不怕醜」的迷魂藥的麻醉下，讓心靈蒙受種種人間的奇恥大辱。在那段歲月中，我還年輕，避免了許多老學者老作家可怕的命運，只是和億萬同胞一樣把本是春水般活潑的情感納入獨一無二的思想體系中，在統一的政治機器中打滾，讓心靈發出麻木的呼叫。

在心靈專政的旗幟高揚的時候，人類一切帶有温馨花瓣的書籍都被禁止，全世界公認的至真至善至美的詩篇皆被認為是封建階級和資產階級的毒草。連莎士比亞和托爾斯泰也難倖免。著寫《神曲》的但丁本身被送入地獄，無辜的維納斯和蒙娜麗莎被戴上最醜的高帽。我們只允許讀馬克思、列寧和毛澤東的文字。於是，我們一面經受階級鬥爭狂濤激浪的洗劫，一面又經受難以忍受的靈魂大乾旱，這種沙漠似的大乾旱和它所帶來的大飢渴，使我和我的同一代人的生命一下子萎縮得像古埃及墳墓中的木乃伊。儘管這樣，我的眼睛還像燈火一樣燃燒着，而且讀下了一部人類各種文化寶庫中所沒有的心靈專政錄。這部記錄，是產生於中國六十年代到七十年代的人類歷史上最怪誕的書籍，一頁一頁都令人傷心慘目，一頁一頁都迫使我去作反叛性的思索。我敢說，在藍色的天空下，沒有另一個國度的思想者，能像我和我的同一代人如此深切地讀盡人類心靈專政的現實圖志。從醫學上說，這裏有人類精神的全部病毒；從心理學上說，這裏有人類心理的全部變態；從宗教學上說，這裏有魔鬼的全部伎倆；從人類學上說，這裏有人類身上殘存的全部獸類的基因；從文化學上說，這裏有人性惡的全部積澱。在實行心靈專政的年代，真正的知識分子沒有一個能抬起頭來坦然地看看四面八方，只能低着被戴上資產階級帽子的頭顱看着自己可憐的腳趾。那些曾像小偷似地發表過關於人性人道文章的學者，此時更變成千夫所指的寇盜。這些小心翼翼地低聲訴說社會主義國家也需要「愛」的正常腦袋，此時變成全部仇恨集中射擊的物件。專政的機器逼迫他們把頭埋得比任何人都低。播種人道的正直心靈收穫倒是赤裸裸的獸道。在六十年代，我從未涉足人道，只是無知地跟着潮流高喊階級鬥爭的口號，因此，在埋着頭的時候，還可以張開眼睛讀着這部荒誕無稽的現實大書，並很深地認識了一個錯誤的時代，看到它是怎樣把高貴的人類變成一隻隻蜷縮着脖子和緊夾着尾巴的狗，每時每刻都生怕挨打的可憐家畜。如果要擺脫這種命運，即如果不想夾着尾巴，那就要高揚起犀利的牙齒，把自己變成管轄狗並無情地撕咬狗的狼。我看到一些被稱為詩人的人也變成了這種野獸。他們裸露的牙齒比他們樓梯似的詩句留給我更深的印象。

這部心靈專政錄，我讀了十年。幾乎用了整個青年時代才讀完，讀到最後一頁我已進人中年時代了。我憎恨那個時代，又感念那個時代。那個時代所有的荒唐故事，都使我刻骨銘心地體驗到人性的脆弱。人類只要穿過心靈專政這一黑暗的洞穴，就會魔幻般地變成畜類與獸類，數百萬年的進化成果就會在剎那間化作洞穴中的灰燼。如果人類缺少保衛心靈的意識，那麼人類未來的災難將是極其深重的，回到獸界與動物界，並非難事。

因為我曾經生活在心靈專政的斧鉞之下，所以我了解心靈專政的力量。今天，我已從心靈專政的陰影中抬起頭來而贏得良知的自由，但我有責任告訴未曾經歷過的人們。我的訴說沒有詩意，但也沒有摻假。我必須用確鑿的語言說明，部分人類所發明和製造的心靈專政，就像無邊無沿的棺木，它可以把整個人類都變成屍首而首先是把最活潑、最高貴的心靈變成屍首。千百萬年形成的人類心靈，一旦進入精神棺木，生命就完全失去愛的知覺。這一點，快樂的人們不一定能意識到。我相信，我今天告訴人們這一點，比詩人奉獻漂亮的詞藻更為重要。

美國是一個很年輕的國家。它得天獨厚，這除了它的肥沃平坦的土地和東西部的兩條海岸線之外，還得益於一種歷史的偶然，即他們的開國元勛很快地意識到必須拒絕對於人類心靈的專政。這種意識價值無量。這一意識使他們沒有瘋狂而愚蠢地把政權的力量用於消滅良心和消滅思想的革命。我在美國已經六年了，常常用懷疑的眼光尋找它的缺陷。我看到美國並非理想國。這部用金錢開動的龐大機器也充滿機器專政的可笑故事。充溢於街道和辦公室的銅臭味常常讓我感到窒息。然而，他們從來不敢把「全面專政」視為神聖的旗幟，在他們的思想意識裏，從來沒有把人類心靈送進牛棚和豬窩，他們的過於發達的技術和雇傭制度也使一部分人類心靈異化，但是，他們畢竟在法律上和觀念上保護着人類心靈的尊嚴與價值。任何心靈都可以自由地發出自己的聲音，巨大的國家機器絕對不能騷擾任何一支脈管的跳動。他們賦予心靈的權利是心靈永遠不受干預、不受侵犯、不受奴役的權利，是心靈可以像山間飛鳥隨時都可以自由啼唱的權利。這種心靈權利高於一切。我應當坦白地表明，我羨慕這種權利。這種權利比任何綴滿珠寶的桂冠都更有價值。而使我高興的是，他們畢竟能把傑弗遜的口號寫在紀念冊上，讓人們集體地拒絕心靈專政。

我離開傑弗遜紀念館已經六七年了。這幾年，我走過世界上的許多地方，但始終忘不了這一次的華盛頓之旅，也始終忘不了傑弗遜的這一句誓詞。那裏的草地黃了又綠，綠了又黃，但每年春天，都有競健的風箏在空中翔舞，我仿佛看到每一條風箏中的飄帶，都寫着這位國家先驅者的信念，想到這裏，我心中有一願望冉冉升起，這就是期待人類的每一顆心靈都像自由的風箏，它擁有天空，也擁有大地。任何形式對它的踐踏，都應成為已經過去的故事。

（選自《西尋故鄉》）

美國的意味——在澳門大學人文學院的演講（二〇〇八年）

閱讀地球上巨大的一部活書

我離開中國到美國已經十九年了。十九年前，我一踏上北美這片土地，就意識到，我的第二人生將在這裏度過。我不僅要居住在美國，而且要充分地閱讀美國。從小老師就教導我，要讀活書，不要讀死書。美國不僅是部大書，而且是部活書。我要讀它的山川，讀它的社會，讀它的文化，讀它的氛圍，還要讀它的心靈。

美國作為一個巨大的存在，它與中國有很大區別，但是僅僅從書本上卻不能真正了解它。講起美國，最容易失誤的是只講籠統的美國。對我來說，閱讀美國，不能隻讀一個籠統的美國。United States of America（美利堅合眾國）至少包括四個層面：政府層面、社會層面、文化層面、人的層面。對於政府層面，不同的總統和不同的政黨執政，會呈現出一些不同的政策與面貌，這是值得注意的。即使我們憎惡美國政府，也不能籠統地牽扯到美國社會。美國並不是理想國，它的社會問題很多，但應該承認，它是一個建立在充分發揮個人潛能基礎上而獲得成功的現代化國家。一個國家，一個社會，最難的是它既充滿活力，又很有秩序。美國就是這樣一個國家，它是一個有動力的社會，人慾橫流的社會，又是一個有序的社會，對人欲擁有制衡力量的社會。

草創期的大文化精神是美國強大的根源

美國的強大，從表面上看，是它的強大的艦隊；從深層看，是它強大的制衡系統。它的既有活力又有秩序的社會，全仰仗三個法寶：一是政治上和法律上完善的制衡制度；二是民間道德監督體系（媒體等）；三是新教倫理與宗教情操。我們即使憎惡美國政府，也不可忘記學習美國這種建構現代社會的經驗。

對於美國的文化，也不可籠統地接受或籠統地否定。就其表層文化，我喜歡它的「無條件地尊重個人隱私空間」這一點。但我最喜歡的是美國深層的文化，這就是美國奠基者所創造的立國精神，即由《獨立宣言》等歷史檔案和立國諸總統身上所體現的「人人生而平等」、尊重每一生命個體的尊嚴和權利的精神。美國的「得天獨厚」，首先是一開國就擁有這種個體生命第一的精神，天然地打破等級分別、天然地打破尊卑貴賤、確認人格平等的精神。這裏應當說明的是，美國立國的平等精神是指人格平等，而非經濟平等，即不是經濟上的「均貧富」這類平均主義的烏托邦，但它確認人在機會面前具有平等競爭的權利。美國後來的生長、發展，在很大程度上是被在它的嬰兒時期就確立的基本精神所決定的。關於這一點，法國著名政治思想家托克維爾在其經典名著《論美國的民主》中已揭示了這一奧秘。他在書中表述這樣一個觀點：人的一切始於搖籃時期，襁褓時的狀況影響人的一生。托克維爾說明這一真理是在揭示：一個國家和一個人一樣，其嬰兒時期所形成的基本精神影響到它的未來甚至決定它的未來，美國正是得益於國家草創時期的大文化精神。這一精神，便是美國的深層文化。還有一個層面是「人」的層面。人是文化的真正載體。文化在圖書館裏、書本裏，更是在活人身上。人走到哪裏，文化就會跟到哪裏。各個民族由於文化的歷史積澱不同，確實會形成不同的民族性格。美國的歷史很短，相比於英國人、法國人和中國人，美國人顯得比較坦率、天真、正直、誠實、不記仇。列寧在《共產主義運動中的「左派」幼稚病》一書中，提出要學習美國的求實精神，美國人確實有這一性格。我很喜歡傑弗遜總統擺在他的紀念館中的二十一條語錄，其中一條說：「在美國這部大書裏，誠實是它的第一篇章。」我們在閱讀美國和討論美國時，如果能注意一下從世界各個地區移居過來的美國人，會覺得很有意思。如果以純粹美國人為參照系，我會發覺自己的心理比他們複雜一些、世故一些，當然，每一個個人都是個個案，每個個體又有很多區別。

美國，意味着一張平靜的書桌

美國對不同的人有不同的意味。對我而言，它意味着三個最重要的東西。第一，它是一張平靜的書桌；第二，它是一種寬容的空氣；第三，它是一個自由的參照系。

我是一個思想者，最重要的要求是內心的平靜。佛家說，靜則慧，這是有道理的。只有在平靜中才能進入深邃的精神生活，才能和偉大的靈魂相逢。我在美國，無論讀書還是寫作，都有一個沈浸狀態。在此狀態中，我不僅覺得遠離中國，而且也遠離美國，甚至也遠離以往的自我，即抽身出來，既觀看客觀世界又潛入自己的內心捕捉那些真切的感受。而能夠進入這種狀態恰恰又得益於美國充分尊重每個人的私人空間，對每個人的正當生活絕對不干預、不騷擾。

在美國近二十年，從來沒有見過美國的警察來查戶口，也沒有任何人讓我對國家大事進行表態，更沒有人走進我的草地與花園。是太孤獨了，但沒有人會嘲笑你的孤獨，也沒有人會批評你缺少關懷。總之，可以放心讀書、思考、做學問。孟子說：「學問之道無他，求其放心而已」，到了美國才領會到這句話的意思。放心了，從容自在了，心地清明了，思想也就真實活潑了。能放心自在，才能潛心思想。偌大的美國，對我來說，就是這麼一個可「放心」可潛心的好地方。

美國，意味着一種寬容的空氣

美國對我還意味着它是一種寬容的空氣。我寫過一篇《再悟紐約》的散文，把紐約看成美國的象徵。說紐約本身就是一個大海，一個大寓言，一個兼備萬物、無所不包的國度。世界上最白的人和最黑的人，最富的人和最窮的人，最大的冒險家和最質樸的清潔工，以及各種宗教、各種社團、各種民族的城中之城，各種派別不同的聲音，全都在這裏找到自己的位置。美國是個移民社會，地球上各種民族的子弟通過貿易、留學等種種途徑來到這裏，從而形成一個真正的多元社會。連我小女兒劉蓮的中學，都擁有來自二十幾個國家的學生，一進校門就可以看到懸掛於大廳的二十幾面國旗。因我女兒的進入，廳裏也有五星紅旗。不管是中學之門還是大學之門，總是永遠敞開着，沒有圍牆，沒有警崗，沒有「傳達室」，甚麼人都可以出入。我「客座」的科羅拉多大學博爾德分校（University of Colorado at Boulder），它的圖書館閱覽室，任何人都可以進去翻閱它的報刊，甚至可以用汽車駕駛證借閱書籍。這是杜威「學校如社會」思想的結果，還是美國寬容不設防傳統的表現呢？恐怕兩者都有。劉蓮十二歲時到美國，當時我們一家都沒有美國的身份證，但因為居住在美國，她就免費進了中學，開始時英文還聽不太懂，半年後她就聽講自如，學校還來了祝賀信，說她英文打字的速度全班第一。高中成績優異，因此上大學時得到了三項獎學金，學費與生活費全解決了。

我感受到的寬容空氣，還有更深的一面，這就是對於思想和言論的寬容。芝加哥大學的政治學教授鄒讜先生臨終前對我說了一席知心話，其中有一段讓我無法忘記，他說他一生同情中國革命並熱愛中國，但平心而論，美國比中國寬容得多。例如，如果我講了一百句話，其中有九十九句錯，一句對，美國會吸收你說對的那一句，而不計較說錯的九十九句；而中國往往相反，你說了九十九句正確的話和一句錯話，人們對九十九句不計其功，卻會對那一句錯話抓住不放。鄒讜先生是國民黨元老鄒魯的兒子、國民黨名譽主席連戰的老師。他本人同情中國共產黨的革命，在美國深造並成為卓有成就的政治學教授。他的代表作《美國侵華的失敗1941—1950》，用理性的態度批評美國的對華政策。因為他為人正派，治學嚴謹，立論公平，所以他的書籍在美國很有影響。芝加哥大學對他格外敬重，他去世時，大學特下半旗對他表示哀悼（我在芝大時，全校獲得諾貝爾獎的已達四十八人。有些獲獎者去世，學校並不下半旗）。生前他還兼任北京大學客座教授，胡耀邦總書記還特請他去做客，傾聽他的真知灼見。鄒讜先生這樣一個最認真、最誠實、對中美兩國都無偏見的學者，臨終前對寬容的呼喚，我不能不刻骨銘心。出國前有些朋友批評我太多詩人氣質，好率性而言，結果常說錯話，出國後雖冷靜一些，但還是改不了先天的氣質與心性，常直言無忌，也常說錯話。對於我這樣的性格，特別需要一種寬容的空氣，因此，我選擇在洛基山下生活，覺得還是相宜的。

美國，意味着一個自由的參照系

最後，我還要說，美國對於我又是一份自由的考卷。

美國把自由當作它的理想和驕傲。紐約海濱屹立的自由女神像，就是它的精神象徵。在許多中國人心目中，美國也是一個自由世界。「九一一事件」後，美國人自己發現，自由與安全是有矛盾的，自由度愈大，安全度愈小。恐怖分子正是鑽了自由的空子。劫難之後，為了加強安全度，便削弱了自由度。現在乘坐飛機要通過那個安全檢查門，太麻煩太不自由了，連鞋子帽子也要脫下來檢查。這種自由的困境恐怕是哈耶克（《自由秩序原理》和《通向奴役之路》的作者）和以賽亞·柏林（積極自由和消極自由的立論者）沒有體驗到的吧。我到美國之前，也只從書本上認知自由，對自由的看法過於簡單幼稚，到了美國，讀了美利堅這部自由大書之後，才有了深一些的認識，所以才寫了《逃避自由》這篇散文。在美國幾年，至少認識到一點，自由不是天賜的，不是他給的。自由是自己爭取得來的，是自給的。沒有能力，就沒有自由。你不會開車，連個逛商場和看電影的自由都沒有。如果不是來到美國，我既無法體會到自由的歡樂，也無法看到濫用自由的可怕。當我在草地上綠樹下享受閱讀的大自在時，突然聽到科羅拉多某一中學校園裏的狂生濫殺老師與同學的槍聲，我知道，這是持槍自由的產物。當我駕車送小女兒上學時，看到先到校園的幾個女學生拚命抽着煙，濃霧彌漫，怪味熏人，我感到噁心並知道，這是少女吸煙自由的結果。美國儘管禁止吸毒，但電影明星、歌星沈醉於吸毒的大有人在，警察拿他們一點辦法都沒有。著名黑人女歌星威廉·休士頓夫婦，吸毒吸得昏天黑地，但美國政府與社會只能聽之任之，我知道，這是自由壓倒限制、壓倒責任的結果。無數濫用自由的例子讓我明白了「自由」、「民主」等的大概念並非只有閃光的一面，它的內涵豐富，應用起來極為複雜，其負面也可能造成災難，不可浪漫地把握自由。

儘管如此，但應當承認，美國是一個擁有高度思想自由、言論自由、宗教自由、遷徙自由等種種自由的偉大國度。有高度的自信力，才有高度的自由。在美國，幾乎沒有一天不聽到批評總統、批評議會、批評社會腐敗現象，但是這種批評自由並沒有導致時局混亂，倒是使美國得以及時糾正大小錯誤，免於積重難返。美國的言論自由造成巨大的壓力，迫使政府停止了越南戰事，現在，這種自由輿論又在迫使美國政府從伊拉克撤軍。布希政府侵略伊拉克而破壞了國際政治遊戲規則，所受到的最大譴責並不是來自國外，而是國內。我作為一個思想者，當然喜歡這種思想自由與言論自由，並把思想自由視為最高價值與最高尊嚴。這是從我個人的主體需求上說，如果從人類的知識層面上講，則可以說，美國是地球上一個巨大的自由參照系，有此參照系在，我們才會明白奧斯維辛集中營和古拉格羣島是不對的，我們中國秦代的焚書坑儒和現代「文化大革命」中的「牛棚」也是不對的。在看到自由的價值與自由的困境之後，才知道自由對我原來是一道巨大的考題，一份需要不斷思索的試卷，太本質化的回答恐怕是不會及格的。所以，今天我也能說說它對我的意味，並不是它的整個價值體系的評述。

（選自《閱讀美國》）

奧巴馬童話——美國臘月天裏的「三言」

美國第四十四任總統奧巴馬的就職典禮當時是在新曆一月二十日舉行的，這日子正是中國舊曆的臘月（十二月），離春節只有五天。這一天不僅天氣很冷，而且又是美國經濟嚴寒的冬季，因此，我們不妨稱它為美國臘月天。

在美國的臘月裏，人們談論的只有兩個主題：一是經濟海嘯；二是新總統奧巴馬。像在談論神話，前者講舊神話的破碎，後者講新神話的建構。我不喜歡政治，但喜歡神話。當時電視台的《好萊塢明星生活》專題節目，把奧巴馬和他的太太蜜雪兒以及兩個女兒混同電影明星，展示第一家庭的各種生活細節。被好萊塢節目這麼一攪和，我更是把政治舞台和藝術舞台打成一片，觀賞總統選舉與新總統就職，就像看電影。充當政治的局外人，還有另一個原因，是我始終不情願加入美國國籍，只持美國「綠卡」（長期居住證），為的是守住中國護照，我把中國護照視為最後一片國土，有它在，血脈深處就和暖一些。然而，作為一個思想者，我又必須超越國界進行思索，守持的是思想者部落成員和世界公民的眼睛，用這種眼睛看美國、看中國、看世界，比較輕鬆。看看說說，說說看看。看看而已，說說而已。

儘管輕鬆，但還是有一種天然的選擇傾向，只是選擇的標準也是超功利與超政治的。例如，當時在共和黨總統候選人麥凱恩（配角佩倫）與奧巴馬（配角拜登）的競爭中，我天然地站在奧巴馬一邊，希望他勝利，這原因只有一個，他年輕而富有活力，至於他的核心概念：Change，即改變美國，我並不太相信也不太在乎。除了他年輕之外，還有一個原因，是他確實聰明至極，像是從大地上突然冒出來的黑金猴，不僅口裏念着「變」字，而且酷愛讀書。凡是好學的人，我都有好感。美國的報刊稱奧巴馬是可見的「有學問的總統」，不僅喜歡談政治學、經濟學的書，而且喜歡談文學的書。阿根廷的報刊說，奧巴馬在大學期間就熟讀博爾赫斯與科塔薩爾等的小說，他當總統後，與阿根廷總統克莉絲蒂娜·費爾南德斯通電話時就說到這兩位拉美大作家的名字。奧巴馬本人的著作《父親的夢想》和《無畏的希望》，既有思想又有文采，既無媚俗的矯情，又無媚雅的酸氣。此次美國人格外關注總統競選，說到底是關切自己在經濟衰退中的命運。而我儘管用讀書看戲的心態看美國，但二〇〇八年的經濟海嘯，也使我震動，加上美國總統選舉中候選人和選舉人面對生存危機的應戰聲音，我也不由自主地再次想想美國事與天下事，並借用馮夢龍編纂的「三言」（《喻世明言》、《警世通言》、《醒世恆言》）之名，記下三則世事所啟迪的事理。

喻世明言

第二次世界大戰讓整個地球佈滿鮮血之後，產生三個大結果：一是殖民主義體系的崩潰；二是兩個不同意識形態陣營的對峙；三是美國的崛起。二戰的戰火沒有在美國的本土上燃燒，而且戰事中和戰後它輸入了來自各國的第一流腦袋，包括愛因斯坦的腦袋，這種大聰明從根本上強化了美國，使它成為地球上最強大的國家。

但是，這次次貸危機（Subprime Crisis）所引發的經濟危機，一下子就把美國打擊得「頭破血流」，股票市場上的道瓊斯指數從一點四萬多點降到七千多點，比「九一一事件」後的指數還低，到處都在呼救，連象徵美國工業的三大汽車公司（通用、福特、克萊斯勒）如今也破產的破產，重組的重組，其呼救的笛聲更是驚心動魄。危機中市民們心理太脆弱，聖誕節前夕，竟發生搶購沃爾瑪的便宜貨而踩死一個雇員的醜劇。美國是世界經濟的「老大」，老大一出事，歐亞的老二老三們都跟着倒霉。一打開電視報紙，就會被一些莫名其妙的天文數字嚇得目瞪口呆。幾千億、幾萬億美元剎那間蒸發掉了，接着，又是幾千億、幾萬億的救市計劃。這些天文數字是從哪兒來的？是怎麼算出來的？拿出千億萬億的救世主是誰？他們從甚麼地方弄出這麼多錢？我們這些書生真不可太關心，一關心就會覺得這個世界太荒唐、太古怪、太不可思議。

在美國盛世的危機中，我腦子裏老是旋轉着「脆弱」二字，想到的全是「脆弱」的真理：不僅人是脆弱的，國家也是脆弱的，現代化體系也是脆弱的。前幾年，有一次紐約突然全市停電一天，結果整個城市立即天昏地黑，冰箱冰櫃裏的魚肉變味已不足一提，有位居住紐約的朋友告訴我，停電時他正在地鐵裏，那一剎那突然停車，然後就是一片黑暗和黑暗中的驚慌叫聲。怎麼走出地鐵？甚麼時候能走出地鐵？是黑暗中的生命共同的焦慮。朋友說，那時他只有一個念頭，地鐵就是地獄，惟一的期待是走出地獄。整個世界的現代化體系看起來異常龐大，可是它所依賴的電、石油、飛行器等，無論哪一項出問題，都會產生整個現代化體系的雪崩。這次停電事件發生後，我才明白，紐約是強大的，但紐約又是脆弱的。

我在《紅樓人三十種解讀》（《紅樓四書》的第三種）中寫了一節「玻璃人」，指涉和評論的主要對象是王熙鳳。人們都知道她強悍的一面，忘記她「脆弱」的一面。李紈說她是「水晶心肝玻璃人」，很少人注意到。所謂玻璃人，就是外強中乾的脆弱人。王熙鳳得勢時呼風喚雨，不可一世，真像鐵老虎，可是一聽到皇帝的錦衣衛要來抄撿賈府的消息，第一個嚇得暈死過去的就是她。這個王鳳姐，歸根結底是一個紙老虎，一個玻璃人。其實，不僅是王熙鳳，凡人都有極脆弱的一面，英雄也如此。人既經不起打擊，也經不起誘惑，甚至經不起一點挫折、委屈和孤獨。關於人的脆弱，過去我就寫過相關文字，而此次經濟海嘯之後，才明白國家也是脆弱的，至少可以說，有其很脆弱的一面，即使像美國這樣強大的國家，也有像玻璃那樣容易破碎的一面。當然，美國是百足之蟲，被擊倒了還會爬起來，但是，此次海嘯之後，恐怕也應當多一點自知之明吧，倘若敢於承認大帝國也可能是玻璃國，那就算有了進步，災後才可能有新的穩固與發展。「自明其脆弱」，時代正在發出這樣的喻世明言。

警世通言

此次奧巴馬能中選總統，固然是他本身才華過人，極為聰明，但也得益於前任總統布希的聲名狼藉並給美國造成巨大問題，從而也造成回應奧巴馬「變革」的時代條件。奧巴馬就任總統後的重要使命就是給布希總統「擦屁股」，至少得擦兩年。布希是出身於望族的世家子弟，膽子比較大，可惜缺少奧巴馬的才華與文采，更要命的是膽大帶來的專制武斷，使他選擇了戰事。兩伊的六年戰事，已讓美國投入了一點三萬億美元，相當於九萬億元人民幣。如果這筆錢能投入教育或國計民生，那將意味着甚麼？伊拉克的前總統薩達姆·侯賽因固然是個令人討厭的專制蠢人，但有他在，才能牽制伊朗而贏得中東政治生態的平衡，真聰明的美國戰略家應當知道，沒有薩達姆也要製造一個薩達姆。但小布希偏偏要拿一個莫須有的罪名發動戰爭，結果是讓美國的旺氣元氣一天天在那裏消耗掉。筆者關注戰事是因為從內心深處憎惡戰事，憎惡政客們製造大規模的血腥遊戲，關心的不是經濟數字，而是無法計算的鮮血總量。托爾斯泰和甘地在我心中之所以永遠燦爛，是因為他們守持一個真正酷愛人類的非暴力的政治原則「勿以暴力抗惡」，這一真理多麼美啊！二〇〇一年美國的《時代》週刊，評出二十世紀地球上三個最偉大的人物是愛因斯坦、甘地和羅斯福。甘地無愧是偉大人物，他創造的非暴力絕對論，和愛因斯坦的相對論一樣精彩，是顛撲不破的、像星空一樣燦爛的永恆真理。世界上的事端、矛盾、衝突，永遠都會有，但用流血戰事的辦法來解決不是好辦法。世上沒有甚麼事端不可以通過對話、妥協、調和來解決。有些政治激進論說：思想觀念的分歧就不可以妥協。不對，這也可以妥協。無論是基督教思想、儒教思想，還是伊斯蘭教思想，都是巨大的思想存在，都是應當尊重的大文化存在。諸教諸家只能謀求和諧共在，不可心存一個吃掉一個的幻想，更不可能企圖以自己的存在方式、思維方式去統一全世界的存在方式和思維方式。有這種企圖，就會導致流血導致戰事。六年來，美國在兩伊上的行為，給美國帶來困境，但也給人間帶來「兵者，兇器也」（老子語）等警世通言。

醒世恒言

面對小布希總統留下的就業、醫療、教育、環保、反戰聲浪等「爛攤子」和經濟危機等巨大問題，聰明的奧巴馬組織了一個包括克林頓夫人希拉蕊在內的強大領導團隊。此次組閣，說明奧巴馬的選擇不存私心，不存種族與政黨偏見，只要有真品格真才能就可以進入他的核心。原國防部部長 Robert Gates 雖是老牌共和黨人，但被奧巴馬邀請留任，此舉很不簡單。

在巨大的挑戰面前，奧巴馬還找到自己的兩個前任榜樣，實際上是兩個精神基石，一個是林肯總統，一個是小羅斯福總統。林肯是為了打破美國種族分別而獻身的英雄領袖，出身於黑人的奧巴馬高舉他的名字意味深長而且天經地義。他此次競選舉起的是「變革」大旗，而羅斯福總統就是變革的偉大先驅者。這位總統引導美國走出上世紀三十年代的大蕭條，功高蓋世。在他的主持下，美國政府實施了一系列的社會改革法案，包括《全國勞工關係法案》、《社會保險法案》、《稅收法案》等，而且還成立了聯邦緊急救濟署和工程振興署，使聯邦失業救濟成為半永久性的措施。筆者因為在美國校園裏工作、納稅超過十年，二〇〇六年年滿六十五歲，因此也得到退休醫療保險和退休金，這就是一九三五年《社會保險法案》的澤溉。我常與朋友說，這種社會保險，乃是資本主義體系中的社會主義因素，羅斯福總統的新政，正是強化政府干預經濟的新政，即凱恩斯主義的新政。蘇聯、東歐體系解體後，主張絕對自由經濟的哈耶克（《通向奴役之路》的作者）紅極一時，現在已經失去光芒，奧巴馬的新團隊更不會理會他的思想，也不會走雷根（里根）、戴卓爾（撒切爾）夫人（英國）的路。奧巴馬選擇羅斯福作為自己的楷模，無論是在改革的精神層面還是在改革的實際層面，都是符合邏輯的。筆者相信，隨着奧巴馬走上歷史舞台，世界範圍的思想界、理論界將會獲得一種重新研究資本主義的動力與興趣。

筆者對經濟學一竅不通，不敢妄言。但由於奧巴馬的刺激，竟也想到，社會主義與資本主義並非水火不容，並非注定要你死我活。羅斯福明明就在資本主義裏注入社會主義血液，鄧小平也明明就在社會主義計劃經濟裏注入資本主義市場經濟。所謂社會保障乃至社會主義也就是給窮人和老弱病殘多一些福利，以使多數人能過平安日子也能對未來有個從容的期待。我在一九九二年和一九九三年之中到瑞典斯德哥爾摩大學「客座」一年，才多少明白一點私有制國家的高福利政策是怎麼回事。在我女兒閱讀的瑞典歷史課本裏，課本編寫者把自己稱作社會主義國家，而中國被稱為共產主義國家。瑞典確實在資本主義體系中注入大量的社會主義機制。福利極高（每個人都可享受醫療保險和失業補助），但稅收也極高。教授的稅收達到工資的百分之六十五。這種高福利政策很人道，但也使社會缺少活力，難怪有些電影明星要往美國跑。人類社會充滿困境，哪裏有生活，哪裏就有困境。奧巴馬強化福利的政策，他的羅斯福火炬能否照亮其未來的道路？人們都在觀望着。大改革是非常艱難的事業，它比暴力革命麻煩多了。在艱難面前，奧巴馬是否有足夠的魄力？這是人們心存的第一疑問。其次，奧巴馬是否能掌握好改革的分寸即所謂平衡點、適度點？這是人們心存的第二疑問。我只是個旁觀者，只觀望，不操心。但畢竟是個思想者，觀望中想到：這個地球，從自然地理的層面上看，它由亚洲、非洲、印度、太平洋、美洲等幾個大板塊組成，批評了歐洲中心論之後，文明人類已不對任何一個板塊存有偏見。但從歷史文化層面上看，這個地球，則存在過原始社會、奴隸社會、封建社會、資本主義社會、社會主義社會，至今仍有封建社會、資本主義社會、社會主義社會三個主要板塊。原始社會、奴隸社會屬於野蠻板塊，且不去說它。那麼，現存的這三個大板塊該怎麼評估，該怎麼相處，恐怕就不是野蠻與反野蠻、進步與反進步等本質化描述可以解決的。冷戰時期政治意識形態壓倒一切，社會主義與資本主義構成勢不兩立兩大營壘，只能一個吃掉一個。現在看到，「你死我活」的哲學是行不通的，還是「你活我也活」比較好。大家按照不同的方式活着，取長補短，合生存、温飽、發展的大目的就好，誠如鄧小平所言，不管白貓黑貓，能抓到老鼠的就是好貓。每個民族，每個國家都有選擇自己道路的權利，懂得「走自己的路」，才是大聰明。人類進入文明史才三五千年，時間很短，總體說來還是幼稚的，一切存在方式的選擇都不能說已經呈現絕對精神，只能說是試驗而已。各種不同的社會板塊都有試驗的權利，尊重這種權利，應是二十世紀爭鬥之後留給後人的醒世恆言吧。

奧巴馬是否會帶領美國穿越海嘯創造奇迹，我們且不作判斷。未來的路是極艱辛的。但是，無論如何，一個從芝加哥黑人底層社會走出來的年僅四十多歲的年輕黑人，竟能當上陽光下最強大國家的總統並開始挑戰歷史，這本身就是奇迹。筆者閱讀美國這部大書，當然不能放過奧巴馬這一正在展開的篇章。

醉卧草地

十年前，我寫過一篇名叫《草地》的散文，說生活雖然複雜，其實也很簡單，只要有一簞食，一瓢飲，一片草地就夠了。沒想到，現在買了房子，自己也擁有一片寬闊的草地，不僅可以在草地上幹活，還可以在草地上讀書，睡覺，做夢。

在草地上沈思的時候，感覺只有一個，也只能用一句話來表述：幸福極了。我想不出有其他的日子、其他的瞬間比醉卧草地時更加幸福。所謂幸福，就是對大自由與大自在的體驗。此時此刻，沒有人干預我，沒有懷疑的目光看着我，偶像、世相、幻相、官場、商場、名利場全在遙遠的地方，身邊只有無聲無名的小花、小草、葉子，陪伴我的是清朗的陽光和最質樸的生命。草地幫助我展開新的靈魂之旅，幫助我放下許多難以釋肩的重負與濁物，幫助我贏得天空的大明淨與內心的大明淨。草地如此神奇，許多人可能不知道。

來到美國這麼多年了，來幹甚麼？革命嗎？謀生嗎？發財嗎？爭取名聲與光榮嗎？都不是。過去說，廣闊的美國對於我只意味着一張平靜的書桌，今天還得補充一句，偌大的美國對於我只意味着一部可閱讀的書本，一片可供我思想雲遊的草地。

在草地上我幾次想起普希金的《致大海》，想起他把大海命名為「自由的元素」。不錯，大海就是自由的圖騰，所以我才寫了《讀滄海》。而現在，我發現了另一個自由的元素，分佈在遼闊大陸上的自由元素，這就是草地。很奇怪，一坐在草地上，我的思想就會像波浪一樣洶湧。這是丟開書本的自由馳騁。神遊開始了，雲遊開始了，我意識到自己的生命正在告別往昔的狀態。往日從書中讀到「大隱」與「小隱」的概念，說小隱隱於山林，大隱隱於朝市，而我要給大隱重新定義。大隱逸者就是雲遊者，他不管在山林，在朝市，甚至在宮廷，都是隱逸狀態。因為他始終隱逸於內心之中，隱逸在自己所創造的一片精神園地裏。草地對於我，既是物質的，又是精神的。草地是他人不可隨意踏進的領域，惟有松鼠、雲雀、蜻蜓可以來做客。

很早就記住莊子的「獨與天地精神往來」的話，但不知如何實現。這回斜臥草地，望着藍天白雲，才知道是怎麼回事。在草地上我獲得一種生命的沈浸狀態，靈魂一直往內心深處走，想得很深，也想得很遠，走到最深處時，便與宇宙相接。生命本就和宇宙緊緊相連，後來才被知識、理念、語言隔開，這回沈浸於草地，排除了中間物，便與天地直接交遊了。也是在此時，才感到宇宙就是生命，生命就是宇宙。愈生命，愈宇宙；愈宇宙，愈生命。過去曾誤認為歷史語境、家國語境大於生命語境，這回才悟到事實正相反，完全是生命語境大於家國語境。此時生命就在無邊無際的大蒼穹中翱翔，扶搖直上九萬里原以為是神物的本領，其實自己也可得此大自由。逍遙遊，本來就是人生的應有之義。那些否定隱逸權利與逍遙權利的理論，我不再相信。

常常是中午一點，妻子在陽台上叫「吃飯」，可是我一點也不餓。要是在別處，一過午我就餓得慌。顯然是草地給我注入了能量，否則精神怎麼這樣好，滿心都是思緒。思緒到了溢滿的狀態時，便覺得文字的無力。有甚麼辭章可以表達我在草地上的感受呢？一開口、一着筆就覺得語言的蒼白。難怪中國的禪宗大師們要放逐概念。過去說古希臘安泰俄斯以土地為母親是神話，這回知道每個人都是安泰俄斯，躺臥在草地上時，顯然吮吸了母親的能量，否則，怎麼不會感到累和餓？

童年時代，我家附近也有一片翠綠的草地，可是我辜負過它，不知道應多仰仗它去吸取更多的陽光與星光。今天我走過風風雨雨，知道草地是甚麼，不會再辜負它了。我將在這裏不斷開掘自己的生命。醉臥着是沈思，不是沈淪。

（選自《閱讀美國》）

走訪海明威

此次告別舊歲之際，我和妻子女兒選定去佛羅里達遊玩。從白雪覆蓋的洛基山下飛到紅花盛開的加勒比海岸邊，好像從冬天飛向夏天。美國的東南半島，氣温將近攝氏三十度，遍地是鬱鬱葱葱的椰子樹、芭蕉樹、榕樹與鳳凰木，一派濃密的熱帶風光。

小女兒劉蓮剛拿到電腦工程碩士學位，滿心高興。兩年半時間邊工作邊讀書，非常辛苦，這回她要到佛羅里達好好地松一口氣，於是，眼睛盯着 Orlando 的環球影城和迪士尼樂園及海洋公園，而我則盯着南端海角上的基韋斯特（Key West），那裏有海明威的居住地與寫作處。女兒理解我的心情，便在 Orlando 遊玩四天之後，駕車奔向邁阿密（Miami），在那裏參觀了鱷魚公園和浮華的海濱之後，便又驅車五個小時，直奔基韋斯特。中間經過一個名叫 Key Largo 的小城，便駛向夢幻般的海上公路。這是我見到的最奇特的幾乎也是最美麗的公路。大約兩百公里的線路就像一條浮掛在海上的珍珠長鏈，一粒一粒的珍珠是小島，小島與小島之間是橋樑。最長的一座橋樑達七個 miles，真是難以置信。我不停地看着車窗兩邊的海水、海樹與海鷗，覺得自己是坐在急馳的皮艇之上，海浪就在身邊翻捲。我對人類的崇拜總是從具體的創造物開始發生，這一回，在心中揚起的是對海的造物主與對海上夢幻之路的造物主的雙重敬仰，可說是天人合一的衷心讚歎。

一到基韋斯特，我們立即撲向海明威故居。沒想到，被花木包圍着的兩層小樓擠滿了參觀的人，「故居」已多了一重「博物館」（Museum）的身份。講解員正在給來訪者介紹幾隻貓的名字和牠們的脾氣。海明威生前除了酷愛釣魚、打獵之外，還喜歡養貓。他是一個充滿內在力量與內在氣魄的作家，連養貓也一養就是五六十隻，現在主人不在了，但貓羣還是繼續繁衍，每一隻生動的眼睛都在喚起訪問者對偉大心靈的緬懷。海明威在一九二八年（二十九歲）自巴黎返美，定居於此處整整十年。在這裏改定了《戰地春夢》（共修改十七次），寫作了《午後之死》、《贏家一無所得》（短篇小說集），並從這裏出發，前往東非作狩獵旅行，返回後又完成了《乞力馬札羅的雪》（另一譯名《雪山盟》）這一不朽名著。海明威在這裏雖然只有十年，一九三八年之後，他前往西班牙戰場，接着又作為特派記者在二戰烽煙籠罩中的歐亞輾轉，但是，他的靈魂始終在基韋斯特周遭的滄海燃燒。一九四八年他回到古巴專心寫作，一九五二年出版了他的代表作《老人與海》，顯然與加勒比海雄渾而多種顏色的滄浪給予的靈感相關。沒有基韋斯特，就沒有海明威。難怪他說：「I want to get to Key West and away from it all.」（我希望遠離一切而投身基韋斯特。）

海明威的寫作室是在主房屋側翼的另一小閣樓上，房裏最重要的東西是一部打字機。他給自己安排了嚴格的時間表，上午打字寫作，下午出海打魚。他是個釣魚高手，曾釣過重達四百六十八磅的大旗魚和三百磅重的大鮪魚。展室裏有一張他一手拿着釣竿一手高高舉起大旗魚的照片，這是典型的海明威照片，滿臉是海的烙印和力的自豪感。站立在海明威的寫作室和大照片面前，我意識到：海明威，這是一個寫作中人，更是一個生活中人；這是一個陸地中人，更是一個海洋中人；這是一個社會中人，更是一個自然中人。很明顯，他與自然的關係大於他與人際的關係，他與大海的關係重於他與社會的關係。想到這裏，我突然升起一陣調整生命關係的衝動。我知道，這個瞬間，我受到偉大靈魂的啟迪，並且明白為甚麼《老人與海》這一讓人讀了之後就心旺氣旺的偉大寓言性作品會產生於海明威的筆下。「可以被毀滅，但不可以被打敗」；「需要精彩的作品，但首先需要精彩的生命。」這種種精神不是在寫作室裏產生的，而是在與滄海的搏鬥中產生的。

走出海明威故地，我們來到積滿白沙的海灘。面對浩蕩無盡的煙波，我發現自己的雙腳所站立的地方正是真正的天涯海角。這樣的特殊地點是不可忘記的，這個地點所賦予的關於調整生命與外部世界的關係的感悟也是不可忘記的：此後，生命應當多多朝向大海，朝向大自然，朝向大宇宙。

（選自《遠遊歲月》）

阿諾德．施瓦辛格啟示錄

阿諾德．施瓦辛格（Arnold Schwarzenegger）現在已經當上美國加州州長了。

他的競選真是一部有趣的戲劇，觀眾之多，對於他恐怕也是空前的。一個著名演員走上政治大舞台，確實是值得觀賞的人間活劇。反對者把雞蛋扔到他的身上，他臉不改色，連眼珠也不轉過去，無醜陋表現。僅此細節，就知道他是何等成熟的演員。

儘管我不是美國公民，純粹是戲劇的看客。但還是會有自然的心理傾向。我真不喜歡他那些蔑視女性的言論和行為。但是知道他可能會勝利，因為他的主要競選口號「打擊非法移民」肯定大得加州選民的人心。加州和墨西哥交界，墨西哥人動不動就闖入美國，並且正在改變美國尤其是加州。對來自墨西哥和其他國度的非法移民，加州是懷着恐懼的。聰明的阿諾德了解民心，他的旗幟一定會贏得多數選票。

我不是政治家，真正感興趣的並不在此，讓我從阿諾德競選中得到啟迪的是另外兩點：

（一）他是年輕時從奧地利（一九四七年在奧出生）移民到美國，一九八三年才正式成為美國公民，資歷如此薄淺，竟然也可以競選美國州長。原先的傳統美國人並不把他當作新來的「異邦人」或「異鄉人」。這一情況和克林頓總統執政時的女國務卿也是美國歷史上擁有最高官階的女性官員奧爾布賴特（Madeleine Korbel Albright）一樣。奧卿出生於一九三七年。一九四九年十二歲時才從捷克進入美國。這兩個例子足以證明：美國社會是何等包容與開放，這種沒有資歷偏見的相容並包，真讓它囊括了全世界的各種人才。美國的強國之本，並非技術，而是人才，它就能夠不拘一格地吸收各種人才。（二）阿諾德是個演員，儘管他總是扮演正面角色，但畢竟是個演員。演員競選州長可以一舉成功，這不簡單。當然，在他之前，雷根也是演員，還當上了總統。這在中國，幾乎是不可思議的。在中國傳統的價值觀念裏，演員，哪怕是一流的演員（不必說雷根這種屬於二三流的演員），也不過是個戲子。雖然樂意看他們的戲，也鼓掌，也叫好，但在內心深處總是根深柢固地認定他們只是一個戲子，怎可入大雅之堂，怎可入超大雅的州長、總統殿堂？！至今中國人還是有這種傳統偏見，但美國人沒有，他們沒有這種固定的、僵死的、對人的限定。只要有智慧，演員完全可以從小舞台走上大舞台。只要他當上州長、總統，那麼，按照法制的規定，軍隊、警察、行政機關聽從他的命令，人們絕對不會在底下竊笑他原先不過是個戲子。

中國演員的社會文化地位之低，與戲劇的地位相關。在中國文學史上，戲劇本就不屬「正宗」，而屬「邪宗」。古代戲劇剛發生時，演員被稱為「優伶」、「優人」。「伶」司音樂，「優」主調謔，不過是人們茶足食飽之後尋歡取樂的工具罷了。為了「好玩」，開始被選上的「優人」，多半又是些侏儒，侏儒畸形，自然好逗着玩。《史記》的《滑稽列傳》就說：「優旃者，秦倡侏儒也」，戲劇進入宮廷，演員也只是玩物，地位如同犬馬。宋元後泛稱戲劇演員為優人，高雅的士人是羞與為伍的，在他們的心目中，演員總是逃不脫古代的「侏儒」形象，哪能和官員儒生平起平坐，更別想當甚麼「大人物」，這種觀念可說已成了中華民族的集體無意識。積澱在深層文化結構中，難以改變。

和中國不同，戲劇在西方一直有很高的地位。希臘悲劇與希臘史詩並列為文學巔峯，悲劇作家索福克勒斯和幼里庇底斯簡直就是聖人。之後，莎士比亞的戲劇更是成為人類文學的偉大坐標。在美國，奧尼爾的戲劇幾乎代表美國現代最深刻的思想。西方戲劇在文化上的崇高地位自然也波及到演員，於是，優秀演員不僅成了公眾的「偶像」，而且也可成為民眾的領袖。

美國人不僅對演員沒有偏見，對其他職業和出身的人也沒有偏執，白人、黑人、男人、女人、軍人、報人等等都可以競選總統，沒有門第偏執與出身偏見，這一點確實屬於比較先進的文化。當然背後的財力運作與集團權力運作，有時也黑暗，可未必屬於先進。倘若中國能揚棄它的黑暗處，借鑒它的先進處，那就會有許多更好的故事。

阿諾德在影片裏的正面形象一直無法從我眼中趕走，所以他當了州長以後，我還是做了這些正面的思考，而且也願意繼續觀賞他今後的作為與作風。

（原載《世界日報》二〇〇四年一月十九日）

後記

《四海行吟》能夠面世，要特別感謝以下朋友：

一、感謝潘耀明兄，他把生命投進旅遊文學，又把視野投向我的遊記。

二、感謝本書編選者于克凌兄、責任編輯焦雅君女士等，從選擇、編輯、排版到裝幀，都精心作業，其精神與心意均讓我感動。

劉再復

二〇一四年八月五日

美國　科羅拉多